Hell's Paradise
1
Yûji Kaku
KAZÉ SHÔNEN UP !

SOMMAIRE

UNE DERNIÈRE PAROLE ?
DE CE FAIT, LA DÉCAPITATION REQUIERT UNE MAÎTRISE TECHNIQUE EXCEPTION-NELLE.
NON.
TRANCHER UNE TÊTE EN UN SEUL COUP S'AVÈRE EXTRÊMEMENT DIFFICILE. IL FAUT GÉNÉ-RALEMENT S'Y REPRENDRE À PLUSIEURS FOIS.
CLANG
CLANG
CLONG
LES EXÉCU-TIONS SONT TOUJOURS DES SCÈNES DE CARNAGE.
TIIIING
LA NUQUE COMPORTE DES VERTÈBRES TRÈS RÉSISTANTES ET PLUSIEURS COUCHES DE MUSCLES...

Chapitre 1

CLANG
PFFF...
HÉ ! ON T'A ORDONNÉ DE NE PAS RÉSISTER !
MON SABRE...
ENCORE UNE TECHNIQUE DE NINJUTSU ?
...
POURQUOI JE NE PEUX PAS MOURIR... OU PLUTÔT, POURQUOI PERSONNE NE PARVIENT À ME TUER ?

CHAPITRE 1

VIVRE NE M'IMPORTE PAS PLUS QUE ÇA...
JUSQU'À AUJOURD'HUI, J'AI TUÉ PLEIN DE GENS. IL N'Y A DONC AUCUNE RAISON POUR QUE JE SOIS LE SEUL ÉPARGNÉ...
APRÈS TOUT, JE SUIS UN SHINOBI...
POUR MOI, LA VIE NE VAUT RIEN...
AU VILLAGE D'IWAGAKURE, DÈS NOTRE NAISSANCE, ON NOUS APPREND À TUER... C'EST TOUT...
MAIS BEAUCOUP D'ENFANTS MEURENT AU COURS DES ENTRAÎNE-MENTS...
LE BON CÔTÉ, C'EST QU'ON ACQUIERT UNE FORCE SURHUMAINE...
HUM, JE VOIS...

BIEN...
JE NOTE QU'IL EST TRÈS DIFFICILE DE TUER UN HOMME DU CLAN IWAGAKURE AVEC UN SIMPLE SABRE.
...
ON PEUT DIRE ÇA, OUAIS...
À PLUS FORTE RAISON QUAND LE BOURREAU EST AUSSI MAUVAIS...
MÊME PAS BESOIN DE FAIRE APPEL AU NINJUTSU.
TU MAÎTRISES LE NINJUTSU ?
BEN OUI, JE SUIS UN SHINOBI ...
TU PEUX ME MONTRER ÇA ?
POURQUOI ?
ÇA M'INTÉRESSE, À TITRE PERSONNEL ...
DANS CE CAS, NON.

EXÉCUTION PAR LE FEU !
...
EN TEMPS NORMAL, C'EST LA SENTENCE RÉSERVÉE AUX PYRO-MANES...
LES BRÛLURES SUR LA PEAU PROVOQUENT UNE DOULEUR INSUPPORTABLE, LES MUSCLES SE RÉTRACTENT SOUS L'EFFET DE LA CHALEUR ET LE CORPS TOUT ENTIER SE TORD AU POINT D'EN BRISER LES OS.
CETTE PEINE EST UN VRAI SUPPLICE.
AU BOUT DU COMPTE, L'EXÉ-CUTÉ SUCCOMBE ASPHYXIÉ PAR LA FUMÉE DU BÛCHER, QUAND IL N'EST PAS DÉJÀ MORT INTOXIQUÉ PAR LES ÉMANATIONS DES COMBUSTIBLES...

CRSHHH
SI BIEN QUE, PAR "BIENVEILLANCE", L'EXÉCUTÉ REÇOIT PARFOIS LE COUP DE GRÂCE.
!
AH...
FAUT PAS M'EN VOULOIR.
FSHOOOOOO
...
JE VOUS ASSURE QUE JE N'OPPOSE AUCUNE RÉSISTANCE...
AH BON ?
AU CONTRAIRE, JE SUIS PLUTÔT D'ACCORD POUR MOURIR.
HÉ ! PLUTÔT QUE DE ME TOURNER LE DOS, FILE-MOI DES VÊTEMENTS !
HÉ !
OH !

JE SUIS LÀ POUR RÉDIGER LE PROCÈS-VERBAL.
QUE JE SOIS DE DOS NE T'EMPÊCHE PAS DE PARLER... CONTINUE.
...
JE NE VOIS PAS CE QUE MA VIE A DE SI PASSIONNANT...
JE COLLECTE LES INFORMATIONS, C'EST MON TRAVAIL.
PARLE-MOI DE TES PARENTS...
JAMAIS VUS... ON M'A DIT QU'ILS AVAIENT ÉTÉ TUÉS PAR LE CHEF DU VILLAGE.
J'IGNORE POURQUOI... ET AU FOND, JE M'EN FICHE.
TU AS DES RÊVES ?
AUCUN... PAS PLUS QUE D'AMBITION NI DE PRINCIPES.
ON ORDONNE, J'EXÉCUTE, ÇA S'ARRÊTE LÀ.

POURQUOI J'AI ÉTÉ ARRÊTÉ ?
BAH...
EN FAIT...
JE VOULAIS QUITTER LE CLAN.
MAIS EN PLEINE MISSION, MES CAMARADES M'ONT TRAHI ET JE ME SUIS FAIT CAPTURER PAR DES SOLDATS.
JE CROIS QUE C'ÉTAIT UN PIÈGE.
SÛREMENT UN COUP DU CHEF...
VU QUE NOTRE CLAN INTERDIT L'USAGE DE LA TECHNIQUE D'ÉVASION...
JE N'AI RIEN PU FAIRE.
...

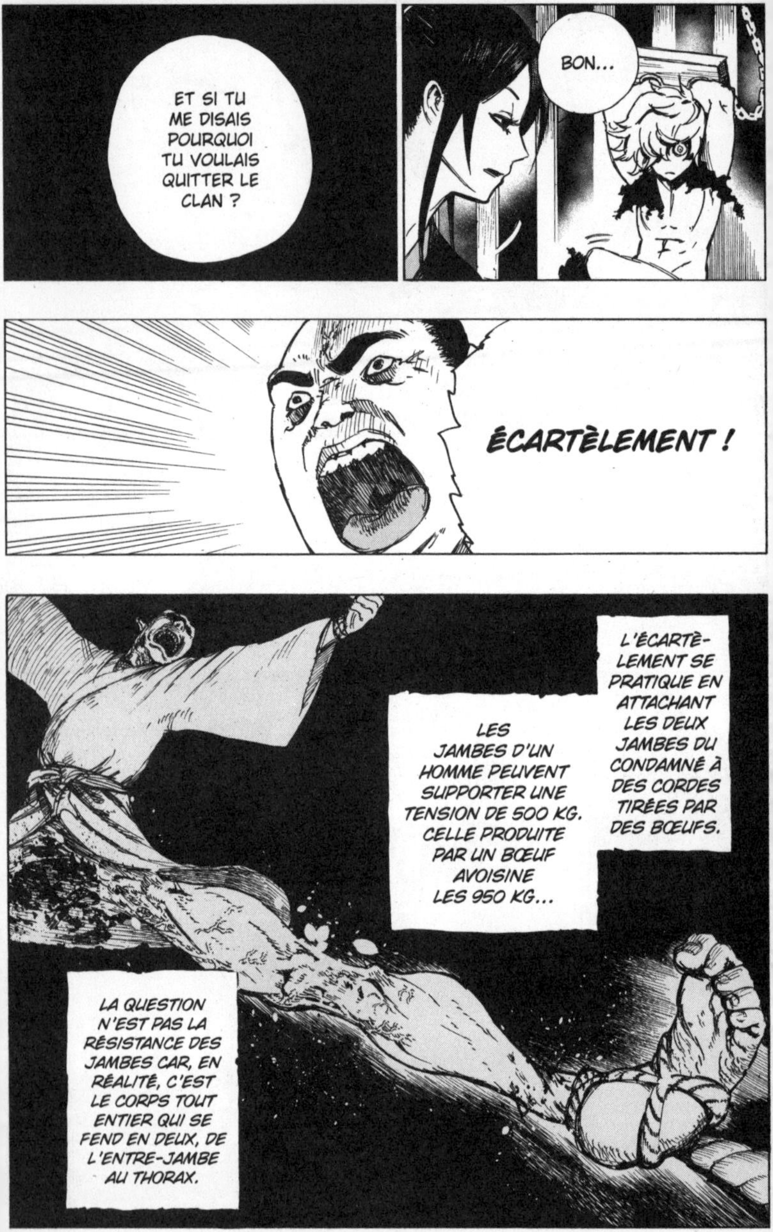
BON...
ET SI TU ME DISAIS POURQUOI TU VOULAIS QUITTER LE CLAN ?
ÉCARTÈLEMENT !
L'ÉCARTÈLEMENT SE PRATIQUE EN ATTACHANT LES DEUX JAMBES DU CONDAMNÉ À DES CORDES TIRÉES PAR DES BŒUFS.
LES JAMBES D'UN HOMME PEUVENT SUPPORTER UNE TENSION DE 500 KG. CELLE PRODUITE PAR UN BŒUF AVOISINE LES 950 KG...
LA QUESTION N'EST PAS LA RÉSISTANCE DES JAMBES CAR, EN RÉALITÉ, C'EST LE CORPS TOUT ENTIER QUI SE FEND EN DEUX, DE L'ENTRE-JAMBE AU THORAX.

CETTE FOIS, TU TE LAISSES FAIRE, HEIN ?!
...
CRRR
CRR
CRRR
...
MWOOOOOH
CLAC

BON…
BEN…
POURQUOI TU AS BOUGÉ ?!
DÉSOLÉ, MAIS ÇA ME CHATOUILLAIT.
C'EST ASSEZ INCROYABLE.
IL VA NOUS DÉSHONORER !
AMENEZ PLUS DE BŒUFS !!
TU ES ENCORE LÀ ? TU T'ENNUIES OU QUOI ?
TU N'AS PAS RÉPONDU À MA QUESTION D'HIER.
TU PRÉTENDS VOULOIR QU'ON TE TUE…
POURTANT, J'AI EU L'IMPRESSION QUE TU RÉSISTAIS À L'ÉCARTÈLEMENT.

POURQUOI AS-TU FAIT ÇA, SI LA VIE T'IMPORTE SI PEU ?
OU PLUTÔT, J'AIMERAIS SAVOIR POUR QUELLE RAISON TU VOULAIS QUITTER TON CLAN.
JE ME MOQUE DE TON PROCÈS-VERBAL !!
SILENCE ! JE TRAVAILLE !
VOILÀ LES BŒUFS !
PRFF PRFF
FST FST
SILENCE ! JE TRAVAILLE !
FRANCHEMENT...
SILENCE ! JE TRAV...
...
POUR UNE RAISON ASSEZ BANALE.
J'ÉTAIS À LA TÊTE D'UNE TROUPE DU CLAN IWAGAKURE.
J'AVAIS GAGNÉ L'ESTIME DU CHEF...
AU POINT DE VOULOIR ME FAIRE ÉPOUSER SA FILLE.

LE PROBLÈME, C'EST QU'ELLE ÉTAIT TOTALEMENT CRUCHE...
COMMENT UN SHINOBI, QUI PLUS EST LE CHEF, POUVAIT-IL AVOIR ENFANTÉ UNE FILLE PAREILLE ?
UNE RAVISSANTE IDIOTE IGNO-RANT TOUT DE LA VIE...
C'EST À CAUSE D'ELLE QUE MON EXISTENCE A BASCULÉ...

ON FAIT PREUVE DE LA PLUS GRANDE POLITESSE…
ON PRIE SES ANCÊTRES AU MOINS UNE FOIS PAR JOUR…
ON SE DÉCHAUSSE AVANT D'ENTRER DANS LA MAISON…
MERCI POUR CE BON REPAS !
NOTRE QUOTIDIEN ÉTAIT SI PLAN-PLAN QUE J'EN AI VITE EU MARRE !
CHEF, À CE RYTHME-LÀ, JE VAIS M'ENCROÛTER…

C'EST DONC ÇA ? OUI, JE PEUX COMPRENDRE.
CEPENDANT, AVANT DE PARTIR...
ACCEPTES-TU D'EFFECTUER UNE DERNIÈRE MISSION ?
J'AI VITE COMPRIS QU'ON M'AVAIT BERNÉ, MAIS...
À QUOI BON FUIR ? LE CLAN M'AURAIT VITE RETROUVÉ.
J'ÉTAIS TOMBÉ DANS LE PIÈGE, C'ÉTAIT CUIT.

J'AI ESSAYÉ DE QUITTER LE CLAN, MAIS C'ÉTAIT ILLUSOIRE...
ALORS J'AI RENONCÉ.
TU VOIS ? RIEN D'EXTRA-ORDINAIRE...
...
OFFICIER...
CELA NE ME REGARDE PAS, MAIS...
UNE FEMME DEVRAIT ÉVITER DE S'APPROCHER D'UN TYPE COMME LUI.
VOUS SAVEZ DE QUI IL S'AGIT ?
GABIMARU, EX-SHINOBI DU CLAN IWAGAKURE...
C'EST ÇA ?

OUI...
AUSSI SURNOMMÉ "LE VIDE"...

NI LARME, NI SANG... RIEN !
CE MONSTRE A TUÉ VINGT HOMMES LORS DE SA CAPTURE !
IL EST EXTRÊMEMENT DANGEREUX !

D'APRÈS LA RUMEUR, LES SHINOBI D'IWAGAKURE AURAIENT BU L'ÉLIXIR D'IMMORTALITÉ...
?
LE FAMEUX ÉLIXIR QUI SE TROUVERAIT AU PARADIS DES DIEUX !
...
L'ÉLIXIR D'IMMORTALITÉ...
JE SUIS DÉSOLÉ...
ÇA VOUS SEMBLE RIDICULE ?
NON... MAIS...
POURQUOI UN ÊTRE AUSSI "VIDE"...
S'EST-IL DONNÉ AUTANT DE MAL POUR ÉVITER D'ÊTRE CAPTURÉ ?
...
"TU PRÉTENDS VOULOIR QU'ON TE TUE...
POURTANT, J'AI EU L'IMPRESSION QUE TU RÉSISTAIS À L'ÉCARTÈLEMENT..."

JE N'AI QU'À MOURIR BIEN SAGEMENT !
LA VIE M'IMPORTE SI PEU...
ELLE A RAISON... À QUOI JE JOUE ?
LORS DE LA PROCHAINE EXÉCUTION.
DEMAIN...
OUI. DEMAIN, FINISSONS-EN...

LA PEINE DE "L'ÉBOUILLANTAGE", DITE AUSSI DE "LA FRITURE", NÉCESSITE UNE GRANDE QUANTITÉ D'HUILE.
L'HUILE S'ENFLAMMANT NATURELLEMENT À 370 °C...
LES MARMITES EN TERRE DE L'ÉPOQUE D'EDO NE RÉSISTENT PAS ASSEZ LONGTEMPS...
POURQUOI...
JE NE MEURS PAS ?

POURQUOI JE RÉSISTE ? RIEN NE ME RETIENT ICI...
JE SUIS CENSÉ ÊTRE "VIDE"...
POURQUOI TU NE MEURS PAS ?!
...
PARCE QUE VOUS VOUS Y PRENEZ COMME DES MANCHES !
RAAAH !
GOUVERNEUR...
JE SUIS PRÊTE.
JE N'ATTENDS PLUS QUE VOTRE SIGNAL.

À QUOI J'AI DROIT, CETTE FOIS ?
À FORCE, C'EST USANT…
ET ÇA COMMENCE À FAIRE LONG !
HÉ HÉ HÉ !
FAIS LE MALIN, OUI ! PROFITE DE TES DERNIERS INSTANTS !
ガコオオオン
CLAAANG

...
HA HA HA ! CETTE FEMME N'EST PAS UN SIMPLE OFFICIER D'ÉTAT !
ELLE EST VENUE SPÉCIALEMENT D'EDO POUR TOI... JE TE PRÉSENTE...
FSHT
FSHT
C'EST QUOI, ÇA ?

SAGIRI, DE LA FAMILLE YAMADA ASAEMON, LA GRANDE COUPEUSE DE TÊTES !
SAGIRI EST LA DESCENDANTE DIRECTE DE LA FAMILLE YAMADA ASAEMON, LIGNÉE DE BOURREAUX ET DE COUPEURS DE TÊTES DEPUIS PLUSIEURS GÉNÉRATIONS.
ON L'APPELLE AUSSI "L'EXÉCUTRICE" OU "LA TRANCHEUSE DE TÊTES"...
ELLE EXÉCUTE AU SABRE, D'UN SEUL ET UNIQUE COUP.

UN MAÎTRE PARMI LES MAÎ-TRES.
UNE FEMME...
CHEZ LES ASAEMON ?
EN EFFET.
GABIMARU, SHINOBI EN FUITE DE LA PROVINCE D'IGA...
LE SHOGUNAT A RÉCLAMÉ TON EXÉCUTION.
ET COMME C'EST AUSSI CE QUE TU SOUHAITES...
NOUS ALLONS EXAUCER TON VŒU.

LA DÉCAPITATION REQUIERT UNE MAÎTRISE TECHNIQUE EXCEPTIONNELLE...
PAF
!
LES EXÉCUTEURS DE LA FAMILLE ASAEMON SONT CAPABLES DE TENIR UNE OMBRELLE D'UNE MAIN ET DE TRANCHER UN COU DE L'AUTRE...
LEUR DEXTÉRITÉ EST TELLE QU'ILS PEUVENT SECTIONNER UNE TÊTE SANS MÊME QU'ELLE SE DÉTACHE DU CORPS !
DOM

CETTE FEMME...
DOM
DOM
DOM
C'EST UNE VRAIE DESCENDANTE DES ASAEMON !
DOM
CRASH
?!
AH !
SAGIRI ! ATTENTION ! EXÉCUTE-LE !
FRSH
FRSH
EN-TENDU !

FU-IT
FRS
POURQUOI T'ES-TU DÉROBÉ ?
SI TU ÉTAIS RESTÉ IMMOBILE, TU SERAIS MORT...
MOURIR...
MOI ?

DOM
!!
JE REFUSE...
DE MOURIR ?
MOI ?!

ARRÊTE DE BOUGER COMME ÇA !
VIUM
DANS MON TRAVAIL, J'AI ASSISTÉ AUX DERNIERS INSTANTS DE BEAUCOUP D'HOMMES...
J'AI APPRIS À DÉCELER LA VÉRITÉ...
ELLE SE REFLÈTE SUR LA LAME DE MON SABRE.
IL Y A CEUX QUI REGARDENT LA MORT EN FACE SANS BRONCHER...
CEUX QUI VONT S'ACCROCHER À LA VIE JUSQU'À L'INSTANT FATIDIQUE...

ET CEUX QUI SE PERSUADENT QU'ILS ONT ACCEPTÉ L'IDÉE DE MOURIR, ALORS QU'IL N'EN EST RIEN...
...
HEIN ?
"GABIMARU LE VIDE"... TU MÉRITES BIEN CE SURNOM.
AU REGARD DE L'ENFANCE QUE TU AS CONNUE, ÇA PEUT SE COMPRENDRE.
TING
NÉANMOINS, TU AS MENTI SUR UN POINT.
TU TIENS À LA VIE.
OU PLUTÔT...

TU AIMES TA FEMME.

À TES YEUX...
N'ÉTAIT-ELLE PAS TA SEULE RAISON DE VIVRE ?
"PRIONS DIEU ET NOS ANCÊTRES !"
"SOYONS RECONNAIS-SANTS !"
"IL FAUT SAVOIR RESTER SIMPLES...
POUR POUVOIR FORMER UN COUPLE..."
"NON, TU N'ES PAS VIDE..."

CLING

AH !
GRR ...
CRRRR
J'AI VU JUSTE.
TU AS RÉSISTÉ AUX EXÉCUTIONS...
POURQUOI TE MENTIR ?
PARCE QUE TU PENSES ENCORE À ELLE !
TU PRÉTENDS NE PLUS TENIR À LA VIE...
MAIS EN RÉALITÉ, TU ESSAIES DE TE CONVAINCRE TOI-MÊME.

LA FERME !!!
JE N'AI AUCUNE ATTACHE !!
TU NE SAIS RIEN DE MOI !
RIEN DU MONDE D'OÙ JE VIENS !!

JE SUIS GABIMARU LE...
"NON, TU N'ES PAS VIDE..."
SI...
JE PORTE BIEN MON NOM.
J'AI VU TROP D'HORREURS ...
ET JE N'AI RIEN D'AUTRE À T'APPORTER.
...
POF
MOI, J'EN DOUTE FORT !

TU ES GENTIL...
TOI SEUL A SUPPORTÉ CE VISAGE SANS BRONCHER.
ÊTRE HABITUÉ AUX HORREURS, ÇA PEUT AVOIR DU BON !
POF
...
DANS LE CLAN IWAGAKURE, LES HOMMES COMBATTENT ET LES FEMMES PROCRÉENT...
ON NOUS REFUSE LE DROIT DE VIVRE NORMALEMENT.
MON VISAGE EN TÉMOIGNE...
MON PÈRE L'A BRÛLÉ POUR QUE JE RENONCE À TOUTE AUTRE VIE.

MAIS...
...
?
CEPENDANT, LE CŒUR D'UNE PERSONNE NE MEURT PAS AUSSI FACILEMENT !
SMACK
TU ES TOUT ROUGE !
QUE... QUE... MAIS ENFIN !
HI HI HI !

VOILÀ LA PREUVE QUE TU N'ES PAS VIDE !
JE SUIS...
GABIMARU LE VIDE !!
LE MONSTRE SANS CŒUR !!
CLANG
CLANG
CLANG
CLANG

UUH !
UNE VIE NORMALE...
C'EST PAS POUR MOI !
JE VAIS ARRÊTER DE TUER POUR VIVRE...
JE VEUX UNE VIE PAISIBLE... À SES CÔTÉS !
C'EST SA FILLE... LE CHEF COMPRENDRA.

MENER UNE VIE SIMPLE...
AU CALME...
SANS TUER PERSONNE...

COMME TOUT LE MONDE...
JE LE SAIS ! POUR MOI...
C'EST IMPOS-SIBLE !!

SI ! C'EST POSSIBLE !

QUOI ?
CECI EST UN CERTIFICAT OFFICIEL DE GRÂCE ÉMIS PAR LE SHOGUNAT.
IL AMNISTIE LE PORTEUR DE TOUT CRIME COMMIS...
ET IL LUI ASSURE LE SOUTIEN ET LA PROTECTION DU SHÔGUN !
IL TE PERMETTRAIT DE SORTIR AU GRAND JOUR EN TOUTE QUIÉTUDE...
TU N'AURAIS PLUS RIEN À CRAINDRE, NI DES HOMMES DU GOUVERNEUR NI DE CEUX DU CLAN.
TU... TU DIS N'IMPORTE QUOI !
CEPENDANT, JE NE TE LE REMETTRAI QU'À UNE CONDITION...

QUE TU AILLES DANS L'AU-DELÀ !
HEIN ?

L'AU-DELÀ ? LE MONDE DES MORTS ?
OUI.
IL FAUT QUE JE MEURE ?
...
NON.
"L'AU-DELÀ", "LA TERRE DES DIEUX", "SUKHAVATI"...
AUTANT DE NOMS DIFFÉRENTS POUR DÉSIGNER SHINSENKYÔ, LE PARADIS DES DIEUX...
UN LIEU DÉPOURVU DE TOUTE SOUFFRANCE, EMPLI DE JOIE ET DE PLAISIRS...
ON PRÉTEND QU'IL SE SITUERAIT AU-DELÀ DU PAYS DE RYÛKYÛ, DANS LES MERS DU SUD...
CETTE TERRE, NOUS L'AVONS TROUVÉE...

C'EST UN LIEU UNIQUE HABITÉ DE PAPILLONS, DÉCORÉ DE FLEURS, BERCÉ PAR DES CHANTS...
EXACTEMENT COMME LE DÉCRIT LA LÉGENDE !
C'EST AUSSI LÀ-BAS QUE SE TROUVERAIT L'ÉLIXIR D'IMMORTALITÉ...
HÉ ! PAS SI VITE !
DE QUOI TU PARLES ?
ON CROIRAIT UN CONTE...

UN CONTE FÉERIQUE, OUI…
EN QUÊTE DE L'ÉLIXIR, LES AUTORITÉS ONT ENVOYÉ SUR L'ÎLE UNE MISSION D'ENQUÊTE.
MAIS…
C'EST AUSSI CE QUE JE CROYAIS.

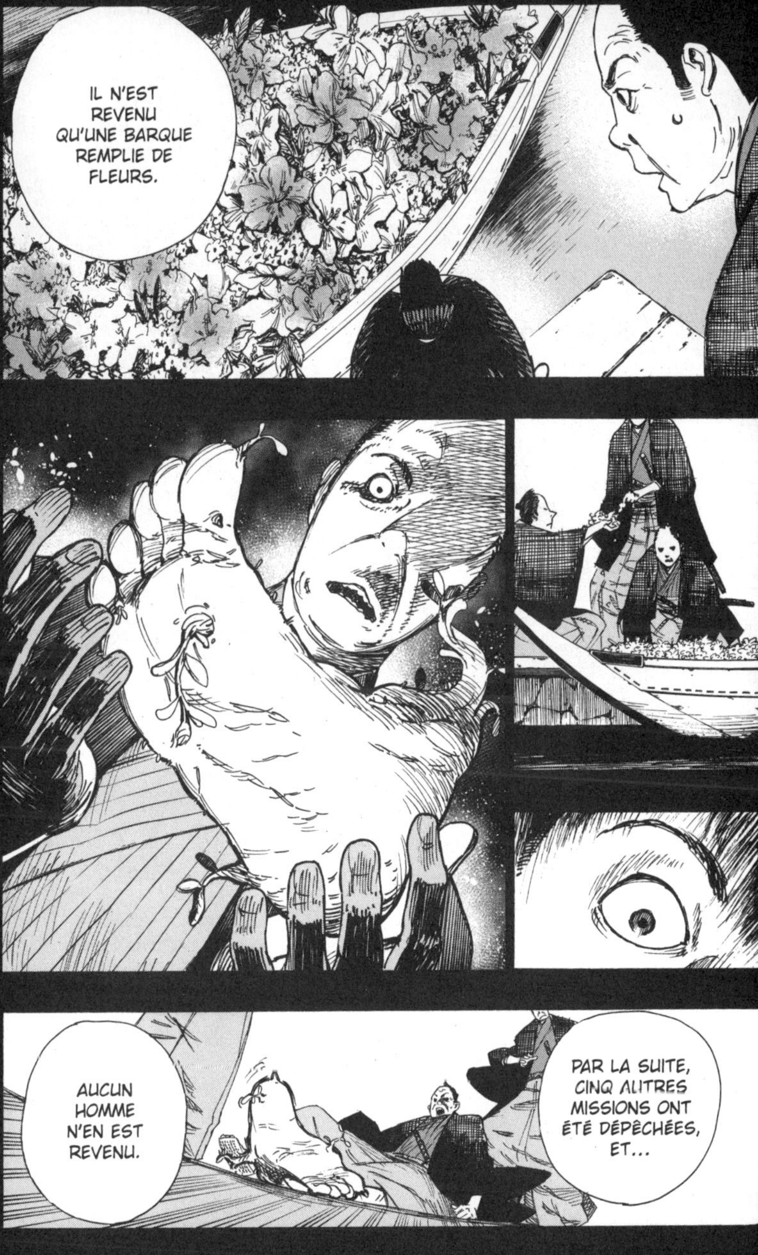
IL N'EST REVENU QU'UNE BARQUE REMPLIE DE FLEURS.
PAR LA SUITE, CINQ AUTRES MISSIONS ONT ÉTÉ DÉPÊCHÉES, ET...
AUCUN HOMME N'EN EST REVENU.

DU MOINS, AUCUN SOUS SA FORME D'ORIGINE.
DES HOMMES QUI SE CHANGENT EN FLEURS... COMME C'EST ÉTRANGE...
ET MYSTIQUE !
AUCUN DOUTE, C'EST LE VÉRITABLE PAYS DES DIEUX !
L'ÉLIXIR D'IMMORTALITÉ S'Y TROUVE FORCÉMENT !

POUR LA PROCHAINE EXPÉDITION, ENVOYEZ DES HOMMES QUI NE CRAIGNENT PAS DE MOURIR !
RASSEMBLEZ DES CONDAMNÉS À MORT À TRAVERS TOUT LE PAYS ET ENVOYEZ-LES SUR L'ÎLE !
J'ACCORDERAI UNE AMNISTIE À CELUI QUI ME RAMÈNERA L'ÉLIXIR !
JE SUIS ICI POUR RECRUTER UNE PERSONNE...
NON SEULEMENT PUISSANTE...
MAIS SURTOUT DOTÉE D'UNE PROFONDE ENVIE DE VIVRE !

!
SACHE QUE TON ÉPOUSE SE TROUVE TOUJOURS AU VILLAGE D'IWAGAKURE.
ELLE S'EST MURÉE DANS LE SILENCE DEPUIS TA CAPTURE...
ELLE REFUSE ÉGALEMENT DE S'ALIMENTER.
J'EN IGNORE LA RAISON, MAIS...
JE SUPPOSE QU'ELLE ATTEND TON RETOUR.

JE TE REPOSE LA QUESTION...
TIENS-TU À LA VIE ?
ACCOMPAGNÉ DE DANGEREUX CRIMINELS, TU PEUX TE RENDRE SUR UNE ÎLE INCONNUE...
ET TE BATTRE POUR OBTENIR TA GRÂCE.
C'EST LE SEUL MOYEN DONT TU DISPOSES POUR REVOIR TA FEMME.
ALORS...

RÉFLÉCHIS BIEN, GABIMARU LE VIDE...
LA VIE À SES CÔTÉS T'IMPORTE-T-ELLE ?

TU TE FICHES DE NOUS ?!
PAS QUESTION DE LE LIBÉRER...
POUR UN PRÊTEXTE PAREIL !
...
J'AGIS SUR ORDRE DU SHÔGUN !
ÇA, JE M'EN MOQUE !
SI TU T'INTERPOSES, TU Y PASSERAS TOI AUSSI...
CLIC
TU M'ÉCOUTES, GABIMARU LE VIDE ?!
...
"LE VIDE"...
"SANS CŒUR"...

"MAIS...
LE CŒUR D'UNE PERSONNE NE MEURT PAS AUSSI FACILE-MENT !"
...
TU VOULAIS VOIR MA TECHNIQUE DE NINJUTSU, N'EST-CE PAS ?
?
OUI, EN EFFET...

AAH...
EN VOICI UN ÉCHANTILLON...
OUVRE GRAND TES YEUX !
TECHNIQUE HIBÔSHI*.
* FEU DU MOINE DHARMA-BHAANAKA.

UUH
...

...
GH...
UH ...
UUH...

BON, C'EST D'ACCORD !
JE VAIS TE LE TROUVER, TON ÉLIXIR...
HII...
...
BEAU TRAVAIL...
AAH...
HII...
BON, ET MAINTENANT ? ON FAIT QUOI ?
TU VAS ME SUIVRE.
NOUS IRONS D'ABORD À EDO...
HEIN ?!
ALLONS DIRECTEMENT SUR L'ÎLE !
EDO, ÇA FAIT UN DÉTOUR...
ÇA ME SAOULE.
À PEINE LIBÉRÉ, IL SE PLAINT DÉJÀ...

DANS CE CAS, OUBLIE MA PROPOSITION...
OK ! OK ! VA POUR EDO !
JE SUIVRAI TES INSTRUCTIONS !
LES CONDAMNÉS À MORT, L'ÎLE INCONNUE...
JE SUIS PRÊT À TOUT !
ET JE REVIENDRAI VIVANT...
POUR TOI !!

FASHION CHECK

DÉTAIL DES TENUES DE *HELL'S PARADISE*

YAMADA ASAEMON

SAGIRI

Sa tenue est blanche, en signe de condoléances envers les criminels. Seul son bras gauche porte une protection.

Son plastron possède une forme particulière qui rappelle celle des corsets.

Il y a des interstices aux coutures qui permettent de faire passer le sabre.

On aperçoit une petite clochette à la poitrine, tenue par une ficelle : la clochette funéraire. Elle sonne avec le mouvement de sa main lorsqu'elle tranche une tête et le son qu'elle produit accompagne l'âme des morts.

INDICE ÉLÉGANCE ► **SAMOURAÏ** ☆☆★

Elle s'amuse avec les rubans de son plastron, un signe de coquetterie féminine.

CHAPITRE 2

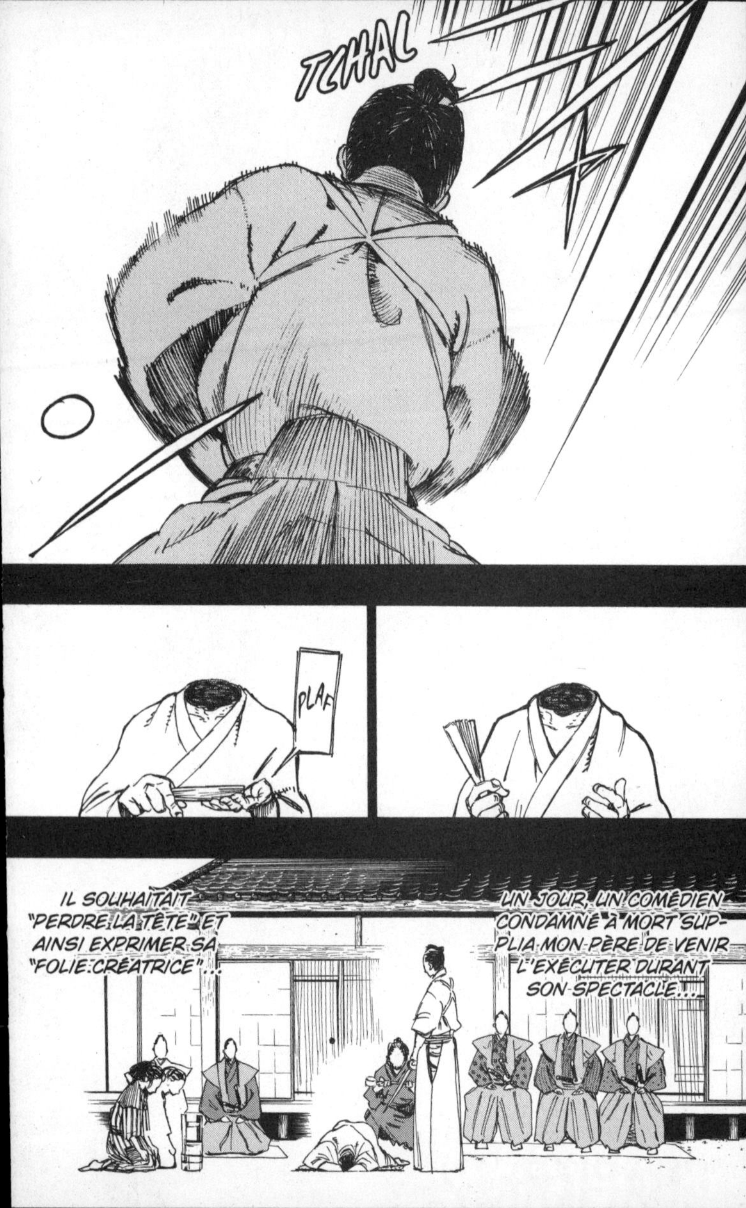
TCHAC
PLAF
UN JOUR, UN COMÉDIEN CONDAMNÉ À MORT SUPPLIA MON PÈRE DE VENIR L'EXÉCUTER DURANT SON SPECTACLE...
IL SOUHAITAIT "PERDRE LA TÊTE" ET AINSI EXPRIMER SA "FOLIE CRÉATRICE"...

IL N'A MÊME PAS REMARQUÉ QU'IL AVAIT EU LA TÊTE TRANCHÉE...
SANS LA MOINDRE DOULEUR NI PITIÉ SUPERFLUE... QUEL COUP DE SABRE PARFAIT !
...
DÈS LORS, JE N'AI EU DE CESSE DE VOULOIR ÉGALER CE "COUP UNIQUE".
GAAH !
TCHAC
MAGNI-FIQUE !
POUR UNE FEMME, C'EST REMAR-QUABLE !
AH...
...

JE VOUS REMERCIE.
SAGIRI, TA PEUR SE REFLÈTE DANS TA TECHNIQUE...
DU FAIT DE TON HÉSITATION...
CEUX QUE TU EXÉCUTES MEURENT DANS LA SOUFFRANCE.
...
JE VAIS ENCORE M'ENTRAÎ-NER !

UUH...
PFUUH...
UUUH...
PFUUH...
UH...
AAH !
FSHHT
...
TU NE T'ES PAS ENCORE DÉBARRASSÉE DE TA PEUR !
...
REGARDE TON SABRE, SAGIRI !

SA LAME REFLÈTE LA VÉRITÉ !
LA PEUR ALOURDIT LE SABRE, L'EXÉCUTÉ EN SOUFFRE ET LE SABRE S'ALOURDIT D'AUTANT...
COMMENT ÉLIMINER TOUTES MES CRAINTES ET DÉGAGER AUTANT DE CONFIANCE QUE MON PÈRE ?
COMMENT FAIRE ?
SI J'ÉTAIS FACE À UN HOMME QUI MÉRITE VRAIMENT DE MOURIR...

VOILÀ UNE BELLE BANDE DE CONDAMNÉS À MORT !

VOUS VOUS TROUVEZ EN PRÉSENCE DU GRAND SHÔGUN NARIYOSHI TOKUGAWA, 11E DU NOM !
AUCUN HOMME DE VOTRE MINABLE CONDITION NE PEUT ESPÉRER POSER LES YEUX SUR SON EXCEL-LENCE !
QUOI ?!
IL SE PREND POUR QUI, LUI ?!
IL SE FOUT DE NOUS !
C'EST QUOI, UN "SHÔGUN" ?
DITES... EST-CE BIEN PRU-DENT D'AVOIR RASSEMBLÉ AUTANT DE CRIMINELS ?
C'EST UNE DEMANDE EXPRESSE DU GRAND SHÔGUN...
SEIKICHI TANIO, VOLEUR, TRENTE ASSASSINATS À SON ACTIF...
SHÛKAN KIDO, MEURTRIER NOTOIRE...
NIKIMARU, PYROMANE RÉCIDIVISTE...

TOUS PLUS DANGEREUX LES UNS QUE LES AUTRES !
IL Y A AUSSI...
CE FAMEUX SHINOBI...
PFFF...
J'AI CHAUD...
J'ÉTOUFFE ...
ET JE VEUX VOIR TOKUGAWA EN VRAI.
HORS DE QUESTION !
CONDAMNÉS ! VOUS ALLEZ RECEVOIR UN ORDRE SECRET !
CELUI QUI ACCOMPLIRA CETTE MISSION AURA LA GARANTIE D'ÊTRE INNOCENTÉ DE SES CRIMES...
GRÂCE À CE CERTIFICAT OFFICIEL DE GRÂCE !
OOOOOH !

L'ATMOSPHÈRE A CHANGÉ...
HÉ HÉ HÉ !
AVEC CE CERTIFICAT, JE POURRAIS TUER AUTANT QUE JE VEUX !
MATAGORÔ ADACHI...
UN SADIQUE QUI TUE PAR PLAISIR UNIQUEMENT DES FEMMES ET DES ENFANTS.
...
HÉ HÉ HÉ !
IMAGINONS...

S'IL S'AGIT D'UN HOMME FONCIÈREMENT MAUVAIS...
SUIS-JE ALORS CAPABLE DE LUI TRANCHER LE COU SANS HÉSITATION ?
WAA
AH !
RRRR ...
...
PFF...
ZZZZ...
PFF...
HÉ, TOI ! TU ES CELUI QUE L'ON SURMOMME "LE VIDE" ?
JE T'AI RECONNU À TES CHEVEUX BLANCS ET TA TENUE...
TU ES TRÈS CÉLÈBRE DANS LE MILIEU !

JE SUIS TRÈS DÉÇUE !
TU ES PLUS PETIT QUE JE L'IMAGINAIS...
...
EN PLUS, TU T'ES FAIT ATTRAPER, COMME NOUS.
...
IL EST VRAI QUE JE ME SUIS MÉFIÉE AU DÉBUT, MAIS...
DÉSOLÉ DE TE DÉCEVOIR...
LÀ, IL EST MÉCONNAISSABLE.
FINALEMENT, IL EST COMME LES AUTRES CRIMINELS ?
CLIC
NON...
IL EST PEUT-ÊTRE ENCORE PIRE.
FSHOOO

MAINTENANT...
NOUS ALLONS VOUS DONNER QUELQUES EXPLICATIONS SUR L'ÎLE OÙ VOUS VOUS RENDREZ !
!
...
CLIC
EN APPARENCE, ELLE A TOUT D'UN PARADIS...
C'EST NUL...
ON LE SAIT DÉJÀ !
UN VRAI CONTE DE FÉES !!
RETIREZ VOS MASQUES !
GRRR...
PFF ! ON RESPIRE MIEUX COMME ÇA...
HEIN ?

VOICI LE SEUL GUERRIER REVENU ENTIER DE LA DERNIÈRE EXPÉDITION EN DATE !
COMME VOUS LE CONSTATEZ, CE N'EST PLUS UN HOMME !
À SON RETOUR, IL AVAIT LE CORPS COUVERT DE BOSSES...
LE LENDEMAIN, ELLES AVAIENT TOUTES "FLEURI".
UNE SOIXAN-TAINE D'AUTRES EXPLORATEURS ONT DISPARU...

IL CONSTITUE NOTRE SEULE SOURCE D'INFORMATIONS.
AAH... FRI... GRA... DRUI...
NOUS IGNORONS TOUT DE CE QUI A PU SE PRODUIRE SUR L'ÎLE...
PERSONNE NE NOUS AVAIT RACONTÉ ÇA !
NOTRE PREMIÈRE EXPLICATION ÉTAIT INCOM-PLÈTE, JE VOUS L'ACCORDE...
MAIS L'IDÉE DE SE CHANGER EN FLEURS...
N'EST-CE PAS D'UN CHARMANT MYSTICISME ?
C'EST PRESQUE TROP BIEN POUR VOUS !
AH... IL SE FOUT DE...
ASSEZ !!

VOUS ÊTES TOUS DES CRIMINELS...
ET POURTANT, VOILÀ UNE CHANCE UNIQUE D'ÊTRE ACQUITTÉS !
ALORS SACHEZ APPRÉCIER TOUTE LA GÉNÉROSITÉ DE NOTRE SHÔGUN !!
QUELLE BANDE D'INGRATS !
...
HÉ !

ON NE SAIT PRESQUE RIEN DE CETTE ÎLE, C'EST ÇA ?
ALORS ON FAIT QUOI, S'IL N'Y A PAS L'ÉLIXIR ?
OUAIS, C'EST VRAI, ÇA !
ON PEUT REVENIR LES MAINS VIDES ?
TIENS, ON N'Y AVAIT PAS PENSÉ…
RIEN NE VOUS EMPÊCHE DE RENONCER…
NOUS N'ENVOYONS QUE DES VOLONTAIRES !
DANS CE CAS, JE LAISSE TOMBER…
C'EST RÉPUGNANT.
JE PRÉFÈRE ENCORE MOURIR DEVANT MES HOMMES QUI CROUPISSENT EN GEÔLE…
TRÈS BIEN !

FSHT
BLAM
WAAAH !
IL... IL S'EST FAIT DÉCAPITER...
EH BEN...
VOTRE ATTENTION !
NOUS APPORTONS UNE PRÉCISION !

SUR L'ÎLE, VOUS SEREZ ACCOMPAGNÉS...
PAR LES EXÉCUTEURS ...
DE LA FAMILLE ASAEMON.
TING
ILS... ILS NOUS ACCOMPA-GNENT ?
ELLE RESTE DONC VALABLE SUR L'ÎLE !
VOTRE CONDAMNATION À MORT A ÉTÉ PRONONCÉE...
FSHHT
PAR CONSÉ-QUENT...
FSHHT
TAP
TAP
TAP

AU MOINDRE AGISSEMENT SUSPECT SUR L'ÎLE...
LA SENTENCE SERA AUSSITÔT EXÉCUTÉE !

LES BOURREAUX SERONT LÀ POUR VOUS SURVEILLER !
RÉFLÉCHISSEZ BIEN À CE QUE VOUS FAITES ! IL S'AGIT DE LA FAMILLE ASAEMON !
S'ILS DÉGAINENT LEUR SABRE, VOTRE SORT EST SCELLÉ !
VOUS DÉBARQUEREZ LES MAINS ATTACHÉES…
CELA RÉDUIRA ENCORE VOS CHANCES.
HEIN ?

BIEN ENTENDU, SI VOUS PROVOQUEZ LA MORT D'UN ACCOMPAGNATEUR...
DE FAÇON VOLONTAIRE OU ACCIDENTELLE, C'EST L'EXÉCUTION QUI VOUS ATTEND.
DANS TOUS LES CAS, SANS EUX, L'ACCÈS AU NAVIRE DU RETOUR VOUS SERA INTERDIT.
AH...
QUOI ?!
C'EST VRAI ?
OUI...
...
EH BEN...
...
IL A L'AIR SEREIN... OU FATIGUÉ ? DIFFICILE À DIRE...
PAF PAF
OUI ?
D'ACCORD...

VOTRE ATTENTION ! UNE DERNIÈRE CHOSE...
IL NOUS FAUT RÉDUIRE LE NOMBRE DE PARTICIPANTS AVANT L'EMBARQUEMENT...
...
QUOI ?
EN EFFET, VOUS NE POUVEZ PAS TOUS Y ALLER.
COMME VOS EXÉCUTEURS SONT AUSSI DU VOYAGE....
LES PLACES SONT LIMITÉES SUR LE BATEAU...
AUSSI, COMMENÇONS LA SÉLECTION DÈS MAINTENANT.
HEIN ?
...
VOUS POUVEZ PRÉCISER ?
PLOC
VOUS ÊTES DÉBILES OU QUOI ?!

C'EST POURTANT SIMPLE...
CRRR
GHU...
GH...
GHH...
CRRR
SUFFIT D'ÉLIMINER LE MENU FRETIN !
PLOC
EUH... QU'EST-CE QUE TU FOUS ?
REGARDE !
DOM
TU VOIS BIEN QU'ILS NE RÉAGISSENT PAS !
...
HEIN ?
QUOI ?
"ÉLIMINER" ?

BONG
ON VA DEVOIR S'ENTRE-TUER !
BOUGEZ-VOUS, SI VOUS VOULEZ PAS Y RESTER !
ON PEUT L'INTERPRÉTER AINSI, OUI.
MAIS EN TOUTE LOGIQUE, CEUX QUI MEURENT ICI N'AURAIENT PAS PU SURVIVRE LÀ-BAS NON PLUS.
ET UNE DERNIÈRE PETITE PRÉCISION : VOUS DEVEZ GARDER LES MAINS ATTACHÉES.
WAAAAH !

À LA BONNE HEURE !
LES COMBATS À MORT SE FONT TRÈS RARES...
ALORS JE N'ALLAIS PAS ME PRIVER D'UN TEL SPECTACLE !
...
QUEL CRÉTIN...
À QUOI ÇA L'AVANCE D'AGIR COMME ÇA ?
PAS FACILE DE SE BATTRE AVEC LES MAINS LIÉES...
C'EST TOUT EMMÊLÉ...

ON VA TOUS ÊTRE BLESSÉS, ON NE SERA PLUS BONS À RIEN !
LE CACHET ?
LESQUELS PORTENT LE CACHET ?
IMPOSSIBLE DE LUI DIRE...
CERTAINS CONDAMNÉS POSSÈDENT UNE FORCE HORS DU COMMUN...
ON PEUT MÊME PARLER DE "FORCE ANORMALE".
LEUR NOM A ÉTÉ MARQUÉ D'UN CACHET SUR LE REGISTRE.
PAR EXEMPLE, LUI...
MALGRÉ SON JEUNE ÂGE, IL DIRIGEAIT UNE BANDE DE VOLEURS...
IL AURAIT MÊME CONSTRUIT UN VILLAGE DE BRIGANDS AU FIN FOND DES MONTAGNES DE IYO !

* *LE DRAGON DU SABRE, NDT.*

LÀ-BAS ? C'EST LUI ?
...
ELLE EST BIEN STATIQUE, TA LÉGENDE...
...
TU ES IMPRESSIONNÉE, SAGIRI ?
!
FSHHT
EIZEN...
SUR L'ÎLE, CE SERA ENCORE PIRE !
LES CONDAMNÉS SERONT TRÈS EXPOSÉS, MAIS...

TU LE SERAS AU MOINS AUTANT QU'EUX.
SERAS-TU CAPABLE DE TRANCHER DES TÊTES ?
CETTE FOIS, JE VAIS ÊTRE FRANC AVEC TOI...
TU N'ES PAS TAILLÉE POUR CE TRAVAIL !
LA PLACE D'UN SABRE N'EST PAS ENTRE LES MAINS D'UNE FEMME !
EN TANT QUE FILLE DE GUERRIER, TU PEUX TE PERMETTRE DE MENER UNE VIE TRANQUILLE, AU FOYER...
LAISSE AUX HOMMES L'EXÉCUTION DES CONDAMNÉS ET LE MANIEMENT DU SABRE.
EIZEN, SAUF TON RESPECT...

C'EST CERTAINEMENT CE QUE J'AURAIS FAIT, SI J'AVAIS EU LE CHOIX.
OUTRE LES ESSAIS DE LAMES SUR DES CORPS HUMAINS...
NOUS EXÉCUTONS LES PEINES DE MORT ET FABRIQUONS DES PILULES MÉDICI-NALES À PARTIR DE RESTES HUMAINS.
SABRE EN MAIN OU NON...
NAÎTRE ASAEMON, C'EST SE NOURRIR DE CADAVRES.

FILLE D'ASSASSINS !
FILLE DE BOURREAUX !
FILLE DE CANNIBALES !
ON AURA BEAU DÉTOURNER LE REGARD...
LA LAME REFLÈTE LA VÉRITÉ.

SI ON ÉCHAPPE AUX SAMOURAÏS...
ON PEUT S'ENFUIR PAR LA MER !
OH...
LÀ-BAS ! UNE FEMME !
EN S'Y METTANT TOUS ENSEMBLE, ON LA TUERA FACILEMENT !
PFF !
FUIT
!
TU T'EN SENS CAPABLE ?
JE NE PEUX ÉCHAPPER À MON DESTIN D'EXÉCUTEUR !
ET, DANS CE CAS...

J'EN AI EU ASSEZ D'ENCAISSER LES COUPS SANS RIEN DIRE...
À MOI...
DE PARFAIRE MON ART !

ZOM
FSHT
DOM
DOM
DOM

POUR-
QUOI ?
POUR-
QUOI ?
TU PENSAIS POUVOIR TUER IMPUNÉMENT ?

COMMENT IL EST ARRIVÉ LÀ ?!
GARDES ! QU'ATTENDEZ-VOUS ?!
RECULE !
VOUS N'AVEZ RIEN TROUVÉ D'AUTRE POUR NOUS DÉPARTAGER ?
ON PEUT ÊTRE UN ASSASSIN ET N'Y PRENDRE AUCUN PLAISIR...
FRANCHEMENT, MOI, ÇA ME DÉGOÛTE PLUS QU'AUTRE CHOSE DE DEVOIR TUER !
IMPERTINENT ! C'EST AU SHÔGUN QUE TU T'ADRESSES !
RÉFLÉCHISSEZ DEUX SECONDES...

NE PAS AVOIR ENVIE DE TUER...
C'EST PLUTÔT UN TRUC NORMAL, NON ?
TU PEUX RENONCER À LA GRÂCE, ÇA TE REGARDE !
RIEN DE PLUS SIMPLE !
PFFF... IL FAIT EXPRÈS DE PAS COMPRENDRE OU QUOI ?
VOUS, LÀ-BAS !
!
SI VOUS LE TUEZ, VOUS GAGNEZ SUR-LE-CHAMP VOTRE TICKET POUR L'ÎLE !

JE SUIS SÛR QUE VOUS N'AIMEZ PAS LES TUERIES INUTILES...
BIEN SÛR QUE SI !
JUSTE LUI ?!
HEIN ? SÉRIEUX ?
HEIN ?
COOL !
FSHT
MAIS ENFIN !
IL SUFFIT DE DEMANDER !
SI TU NE VEUX PAS TE BATTRE...
ON PEUT DISCUTER ?
TU N'AS QU'À TE LAISSER ABATTRE, ÇA TE REGARDE !

BON, BEN, TANT PIS...
JE VAIS LE FAIRE.
...
HEIN ?
SI TU M'ATTAQUES...
JE TE TUE !

HEIN ?
TU... TU VIENS DE DIRE QUE TU N'AIMAIS PAS ÇA...
ET C'EST LA VÉRITÉ.
MAIS J'AI PAS ENVIE DE MOURIR POUR AUTANT...
C'EST DONC À CONTRECŒUR QUE JE VAIS VOUS TUER !

FSHUU
QUE... QU'EST-CE QUE TU RACONTES ?
TU TE FOUS DE NOUS ?
FSHUU
IL A PERDU L'ESPRIT !!
FRANCHEMENT, C'EST LOURD...
QUAND JE PENSE À CE QUE JE VAIS DEVOIR SUPPORTER.
CRSH
CRSH
?
CRSH
PFFF...
CRSH
FSHUU
C'EST PÉNIBLE...
FSHUU
VRAIMENT PÉNIBLE.

ドチュ
TCHAC
CRSH
BLAM
FSHHT

CROV

FSHUUU
FSHUUU

OH ! LE MONSTRE ...
VOILÀ DONC GABIMARU ...
LE VIDE...
C'EST LOURD....

QUAND JE PENSE À CE QUE JE VAIS DEVOIR SUPPORTER...

QUEL CARNAGE...
VOUS CROYEZ QUE LES GENS ME DÉTESTERAIENT MOINS SI JE FAISAIS ÇA PLUS PROPREMENT ?
PLOF
PLOF
CE N'EST PAS LA FORCE DE TUER QUI ME MANQUE...
MAIS CELLE QU'IL FAUT POUR SUPPORTER LES MORTS DONT JE SUIS RESPONSABLE.

AH !
ÇA VA ?
GRT
GRT
J'EN ÉTAIS SÛR : C'EST TROP DUR POUR TOI...
NON...
CRR

C'EST MOI QUI LE TUERAI !
IL SUFFIT !
VOUS, ICI PRÉSENTS, SEREZ TOUS MEMBRES DE L'EXPÉDITION !

LE ROI DES BRIGANDS, AZA CHÔHEI !
LE MAÎTRE DE SABRE, GANTETSUSAI TAMIYA !
LE GRAND CHASSEUR, IGAMINO KEIUN !
NURUGAI DE SANKA, LE PEUPLE DES MONTAGNES !
HÔRUBÔ, LE MOINE TUEUR !

* YÔ-KAI GIGANTESQUE DE LA MYTHOLOGIE JAPONAISE, NDT.

VOUS POUVEZ MAINTENANT EMBARQUER...
EN ROUTE VERS L'ÎLE AUX FRONTIÈRES SECRÈTES, PAR-DELÀ LES MERS DU SUD...
EN QUÊTE DE L'ÉLIXIR D'IMMORTALITÉ !
CHACUN DE VOUS...
SERA ACCOMPAGNÉ PAR UN MEMBRE DE LA FAMILLE YAMADA ASAEMON !!

LA CLÉ DE VOTRE LIBERTÉ !
NE T'INQUIÈTE PAS !
NOUS ALLONS AU PARADIS...
SUR LA TERRE DES DIEUX !
IL N'Y A AUCUN DANGER !

FASHION CHECK

DÉTAIL DES TENUES DE *HELL'S PARADISE*

EX-SHINOBI DÉSERTEUR DU CLAN IWAGAKURE

GABIMARU

Il porte un morceau de tissu autour du cou qui descend jusque sur la poitrine. C'est une fibre très spéciale, un peu élastique.

Il porte la tenue classique des shinobi : un hakama croisé. C'est démodé.

Les manches sont élargies (déchirées).

La ceinture en tissu aussi est déchirée.

Par-dessus le hakama, il rajoute des couches de tissu sur les tibias, ça renforce la protection.

INDICE ÉLÉGANCE ▶ HOMME DU PEUPLE ★★★ *Il serait temps de changer de vêtements !*

LE CHEF DU CLAN IWAGAKURE M'A TOUJOURS PARU IMMORTEL !
MÊME TRANSPERCÉ PAR DES SABRES, LES ORGANES EXTIRPÉS, JE L'AI VU SE RELEVER ET GUÉRIR…
ON RACONTE QU'IL S'EN SERAIT PROCURÉ AUPRÈS D'UN MARCHAND AUTREFOIS, DE L'AUTRE CÔTÉ DE LA MER.
VU QU'IL EST IMMORTEL, DIFFICILE DE DIRE À QUAND ÇA REMONTE…
CHAPITRE 3
…
À VOIR TA TÊTE, TU NE ME CROIS PAS, HEIN ?
ENFIN… J'EN DÉDUIS QU'ON NE FAIT PAS TOUT ÇA POUR RIEN.
CETTE CHOSE DONT TU PARLES, C'EST…
OUI…
L'ÉLIXIR D'IMMORTALITÉ EXISTE.

CHAPITRE 3

POUR ÊTRE HONNÊTE, J'ÉTAIS SCEPTIQUE...
QUANT À L'EXISTENCE DE L'ÉLIXIR...
MAIS EN VOYANT CE PAYSAGE FANTASTIQUE...
JE ME DIS QUE S'IL DOIT SE TROUVER QUELQUE PART, C'EST BIEN ICI...

C'EST SURTOUT UN PAYSAGE FLIPPANT, OUI !
TOUTES CES PLANTES SONT MÉLANGÉES ET PAS À LEUR PLACE, C'EST N'IMPORTE QUOI !
ON DIRAIT PRESQUE QUE C'EST UN JARDIN ARTIFICIEL !
ON NE SAIT PAS CE QUE ÇA CACHE, ALORS MÉFIE-TOI...
CRAC
AH !
TU ES CENSÉ RESTER ATTACHÉ !
MAIS !

CHERCHER L'ÉLIXIR LES MAINS ATTACHÉES, C'EST N'IMPORTE QUOI !
PEUT-ÊTRE, MAIS CE SONT LES ORDRES !
MON TRAVAIL EST DE VEILLER À CE QUE MON PRISONNIER NE SE REBELLE PAS ET NE S'ENFUIE PAS !
SI TU ENFREINS LES RÈGLES, JE DEVRAI SÉVIR !
RATTACHE TES MAINS !
OH NON... ALLEZ, SOIS SYMPA !
IL Y A D'AUTRES POINTS BIZARRES !
ON N'A QUE TROIS JOURS DE VIVRES...
PRATIQUEMENT AUCUN INDICE...
LES TYPES QUI GOUVERNENT N'ONT PAS VRAIMENT ENVIE QU'ON TROUVE L'ÉLIXIR OU QUOI ?

FSHT
RATTACHE TES MAINS !
UNE PETITE MISE AU POINT S'IMPOSE…
JE SUIS TON BOURREAU, PAS TA PARTENAIRE !
SI TU NE TROUVES PAS L'ÉLIXIR ET QUE TU N'ES PAS AMNISTIÉ…
CE N'EST PAS MON PROBLÈME !

SI TU NE RATTACHES PAS TES LIENS...
JE TE TRANCHE LE COU !
PFFF...
D'ACCORD, ÇA VA...
C'EST TOI QUI DÉCIDES !
MOI, JE VEUX JUSTE REVOIR MA FEMME...
JE SUIS PRÊT À TOUT POUR ÇA, MAIS NE M'EN DEMANDE PAS TROP NON PLUS.
...

CRAC

FST
FST
FST
AH...
FUIT
MAIS...
QUOI ?!
ET UN DE MOINS !!

QUEL CRÉTIN ! BAISSER SA GARDE DANS UNE SITUATION PAREILLE...
POF
HM...
AH... TU M'AS FAIT PEUR !
CRAC
CRAC
ÇA VA ?
PAF
PAF
J'AVAIS LES VERTÈBRES TOUTES TORDUES.
...
DIS-MOI, CE TYPE...
OUI...
HUU...
HU...
C'EST UN DES CONDAMNÉS ENVOYÉS SUR L'ÎLE...
HUU...
IGAMINO KEIUN.

D'APRÈS LE REGISTRE... PENDANT SON ENTRAÎNEMENT DE MOINE-SOLDAT...
IL AURAIT DÉVELOPPÉ UNE FASCINATION POUR LES ARMES, AU POINT DE DEVENIR "MOINE VIOLENT".
IL AURAIT VOLÉ PLUS D'UNE CENTAINE D'ARMES À DES GUERRIERS...
CERTAINES DE SES VICTIMES SERAIENT MÊME DES GRANDS MAÎTRES DE SABRE.
OK, MAIS C'EST PAS CE QUE JE VOULAIS DIRE...
POURQUOI IL N'EST PAS ATTACHÉ, LUI ?
HEIN ?
AH !
AH !!
TU CROIS QUE C'EST LE MOMENT...
DE S'INQUIÉTER DE ÇA ?
HMM...
POURQUOI A-T-IL LES MAINS LIBRES ?
RÉPONDS, KISHÔ !!
...

TU ES TOUJOURS AUSSI TATILLONNE, SAGIRI...
ON NE VA PAS SE DISPUTER AVEC DES CRIMINELS POUR ÇA...
C'EST RIDICULE !
11E EXÉCUTEUR DE L'ÉCOLE DU COUP UNIQUE
KISHÔ YAMADA ASAEMON
ON N'AURA QU'À LES RATTACHER AVANT DE REPARTIR !
EN PLUS, PERSONNE NE RESPECTE CETTE RÈGLE...
...
AH ! TU VOIS !
TU VOIS ?!
TU OSES M'IGNORER, GABIMARU LE VIDE ?!
TU ES BIEN AUSSI FOU QU'ON LE PRÉTEND !
VOM
C'EST PARFAIT POUR MOI !
TU M'OFFRES L'OCCASION D'ÉTRENNER MES NOUVELLES ARMES !

LES ARMES PRENNENT VIE QUAND ELLES ONT BU DU SANG...
HUU...
HUU...
HU
HU...
TON CORPS VA DÉCOUVRIR TOUTE LEUR BEAUTÉ !
T'ES FÊLÉ, TOI !
ET PUIS, SI TU TE BATS AVEC TOUS CEUX QUE TU CROISES...
LES AUTRES TROUVERONT L'ÉLIXIR AVANT TOI !
JUSTEMENT !
VU QU'ON N'A PRATIQUEMENT AUCUN INDICE...
AUTANT COMMENCER PAR TUER TOUS LES AUTRES.
ENSUITE, J'AURAI TOUT LE TEMPS POUR CHERCHER L'ÉLIXIR...
ET TU ES LE PREMIER SUR MA ROUTE, GABIMARU !
AAAAH...
HMM...
!
NOUS NE SOMMES LÀ QUE POUR VOUS SURVEILLER...
LIBRE À VOUS DE VOUS ENTRE-TUER.

RIEN À AJOUTER.
PFFF...
CRSH CRSH
C'EST PÉNIBLE... ET ÇA NE SERT À RIEN.
EN PLUS, ÇA FAIT DE LA PEINE À MA FEMME... J'AIME PAS ÇA.
PAS LE CHOIX...
JE LE TUE ?
DOM
ESSAYE UN PEU POUR VOIR !
TAP TAP
?!
TES LIENS...
TU PLAISANTES, LÀ ?!

AAAA-AAH!!
BLAM
GAH!
CRSH
GAH!
BLAM
AAH!
TCHAC

HOP ! ATTACHÉES !
AH...
PARFAIT !
JE VAIS TOUTES LES TESTER SUR TOI !
DÉSOLÉ, MAIS...
VRSH
J'AI PAS QUE ÇA À FAIRE !
BOM

IL A PROPULSÉ...
CET ÉNORME CORPS...
AVEC LE MANCHE D'UNE LANCE !

BOM
!
PLAF

SDOM
CRSHHH
EN UN SEUL COUP ?!
JE TE CONFIRME... LES MAINS ATTACHÉES, C'EST PLUS COMPLIQUÉ.
AH...
PFF...

HÉ HÉ HÉ ...
SCRR
TU AS UNE SACRÉE TECHNIQUE, GABIMARU...
MAIS PAS SUFFISANTE POUR TRANSPERCER MON "ARMURE VIVANTE" !

CETTE FOIS, C'EST SÛR : CE TYPE EST UN GRAND MALADE.
...
DANS LE REGISTRE, LES CONDAMNÉS À MORT MARQUÉS DU CACHET...
...SONT VRAIMENT HORS NORMES.
TU NE SAIS PAS TE SERVIR DES ARMES...
ET TON COUP DE PIED MANQUAIT VRAIMENT DE PUISSANCE.
TU NE SAIS PAS LES TRANSCENDER...
LAISSE-MOI ME SERVIR DE TON CORPS...
POUR T'EN FAIRE LA DÉMONSTRATION !

PFFF...

IL NOUS A FAIT PERDRE DU TEMPS...
DÉPÊCHONS-NOUS DE TROUVER CET ÉLIXIR !
...
?
REGARDE, JE SUIS RESTÉ ATTACHÉ !
AH... EUH...
OUI, TRÈS BIEN !
FSST
!

DÉTAIL DES TENUES DE *HELL'S PARADISE*

YAMADA ASAEMON

EIZEN & KISHÔ

Le surkimono est noir, avec des coutures très originales.

Ils portent tous les deux la tenue classique des Asaemon.

Le hakama comporte juste une bande de tissu rouge sur la gauche. La ceinture et la sous-ceinture sont rouges également. Les autres parties sont blanches ou rouges, avec seulement deux tons.

INDICE ÉLÉGANCE ► **GUERRIER DE BASE** ☆★★

Un peu plus d'originalité serait bienvenue ! Montrons plus d'intérêt pour les tenues !

IL NE FAUT EN AUCUN CAS ÉNERVER ROKURÔTA…
IL N'Y A RIEN DE PIRE !
ET IL NE FAUT EN AUCUN CAS QU'IL AIT FAIM !

CHAPITRE 4

CE ROKURÔTA EST AUSSI DANGEREUX QUE LE DISENT LES VILLAGEOIS ?
IL DORT DEPUIS QU'ON A QUITTÉ EDO…
IMBÉCILE !
ON FAIT QUOI S'IL S'ÉNERVE ?
C'EST UN MONSTRE ! NI LES SABRES NI LES LANCES N'ONT D'EFFET SUR LUI !
NE VOUS EN FAITES PAS.
C'EST BIEN POUR ÇA QU'ON EST LÀ.
MAÎTRE EIZEN…
LES SABRES ASAEMON PEUVENT TRANCHER N'IMPORTE QUELLE MATIÈRE…
1ER EXÉCUTEUR DE L'ÉCOLE DU COUP UNIQUE
EIZEN YAMADA ASAEMON

TCHAC
AUCUN CORPS NE LEUR RÉSISTE !
CHAPITRE 4

SUR CE, JE RENTRE À EDO...
TU NE TE BATS PAS CONTRE MOI ?
JE TE L'AI DIT, NOUS NE SOMMES NI VOS ENNEMIS, NI VOS AMIS...
SI NOTRE CONDAMNÉ MEURT, NOTRE UNIQUE MISSION CONSISTE À RAMENER SA TÊTE.
JE PRENDRAI VOLONTIERS UN BON BAIN EN ARRIVANT.
KISHÔ...
SOIXANTE PERSONNES ONT DISPARU SUR CETTE ÎLE...
ALORS RESTE QUAND MÊME SUR TES GARDES SUR LE CHEMIN DU RETOUR.

À TA PLACE, JE M'INQUIÉTE-RAIS D'ABORD DE MON CAS PERSONNEL...
PARCE QUE CONTRAIREMENT À TOI, MOI, JE QUITTE CETTE ÎLE !
TU ES RASSURÉE PARCE QU'IL A LES MAINS ATTACHÉES...
TU ES BIEN NAÏVE !
JE TE RAPPELLE QUE TU ACCOMPAGNES UN SHINOBI ...
TOUS LES GROUPES ONT DÉBARQUÉ SUR L'ÎLE...
DEPUIS SEULEMENT QUELQUES HEURES.
MAIS J'AI BIEN OBSERVÉ...

IL Y A CEUX QUI ESSAYENT D'ÉLIMINER LES AUTRES.
CEUX QUI NOUENT DES ALLIANCES...
ET CEUX QUI FONT SEMBLANT D'EN NOUER.
AUTANT DE TYPES HABITUÉS À ENFREINDRE LES LOIS...
ET QUI SE FICHENT BIEN DES RÈGLES IMPOSÉES !

CHACUN À LEUR MANIÈRE, ILS VONT TENTER DE SURVIVRE...
PEU IMPORTE LES MOYENS EMPLOYÉS.
ET DANS CE CAS, JE DOUTE QU'ILS NOUS ÉPARGNENT !
MAIS JE CROYAIS QUE L'ACQUITTEMENT ÉTAIT ANNULÉ, S'ILS NE RESPECTAIENT PAS LES RÈGLES.
C'EST LÀ QU'ILS SONT MALINS...
POUR UN SAMOURAÏ, LES ORDRES SONT PRIMORDIAUX, MAIS...
SELON LA SITUATION, IL FAUT SAVOIR LE BOUSCULER...
CE QUI COMPTE, C'EST LE SENS DES PRIORITÉS.
POUR L'INSTANT, L'ÉLIXIR PASSE EN PREMIER ! TOUT LE RESTE EST SECONDAIRE...

PLUTÔT QUE DE FAIRE CHOU BLANC EN RESPECTANT LES CONSIGNES...
LE SHÔGUN PRÉFÉRERA QUE LES OBJECTIFS SOIENT ATTEINTS AU MÉPRIS DES RÈGLES...
D'AILLEURS, CES LOIS SONT ILLUSOIRES, ELLES NE SONT UTILES QUE SI TOUT LE MONDE LES RESPECTE...
ET ELLES SONT INEFFICACES SUR CERTAINS...
COMME SUR LUI, PAR EXEMPLE !
ET DANS CE CAS, MIEUX VAUT PEUT-ÊTRE L'ÉLIMINER TOUT DE SUITE...
EN PRÉTEXTANT QU'IL A VOULU S'ENFUIR !

NE FAIS PAS ÇA, TU GASPILLERAIS TON ÉNERGIE !
!!
POF
DÉJÀ QU'ON N'A PAS BEAUCOUP DE TEMPS...
TU PARLES TROP, TOI !
TOUT CE QUE JE VEUX, C'EST RETOURNER AUPRÈS DE MA FEMME.
JE ME FICHE DU RESTE...
Y COMPRIS DE CE QUI ARRIVERA AUX EXÉCUTEURS.
FST
DÉPÊCHONS-NOUS !
...
!
OUI, MIEUX VAUT ACCÉLÉRER LE PAS...

JE TE FAIS UNE PRÉDICTION ...
UH...
DANS QUELQUES HEURES, LA SITUATION SERA TOTALEMENT BOULEVERSÉE...
UUU
GRUUU...
GRUUUU...
TU AS FAIM, ROKURÔTA ?
UUUUH...
OOH...
GRUUUUU
UUH...
UH...
...

BLAM
クチャ
CRT
クチャ
CRT
PERSONNE N'IMAGINE À QUEL POINT TOUT VA CHANGER...

PLUS DE LA MOITIÉ DES CRIMINELS VONT MOURIR...
QUELQUES HEURES PLUS TARD, IL N'EN RESTERA QU'UN QUART.

À LA FIN DE LA JOURNÉE, UN SEUL SERA ENCORE DEBOUT...
DE TOUTE FAÇON, VOUS N'ÊTES QUE DES INSTRUMENTS... LORSQUE L'UN DE VOUS DISPARAÎT, LES AUTRES PRENNENT SA PLACE.
OU ALORS, ON APPELLE UN NOUVEAU GROUPE.
LE MESSAGER DE HATTORI S'EN EST ALLÉ POUR IGA...
IL NE FAIT AUCUN DOUTE QUE LE SHÔGUN EST ENTRÉ EN CONTACT AVEC LE CLAN IWAGAKURE.

CHEZ NOUS AUSSI, ÇA BOUGE, SAGIRI…
CERTAINS DISENT QUE CETTE MISSION A ÉGALEMENT POUR BUT DE DÉSIGNER LE PROCHAIN CHEF DE FAMILLE.
J'IGNORE SI C'EST VRAI, MAIS…
ÇA RISQUE D'AIGUISER L'APPÉTIT DES PLUS AMBITIEUX.
MOI, ÇA NE M'INTÉRESSE PAS…
ALLEZ, SALUT !
JE T'AURAI PRÉVENUE !
FSHT
"JE TE RAPPELLE QUE TU ACCOMPAGNES UN SHINOBI…"
…
ÇA FAIT QUELQUES JOURS QU'ON EST ENSEMBLE…
ET JE N'AI TOUJOURS PAS RÉUSSI À CERNER QUI EST GABIMARU…
CRSH
MAIS…
BON…
OÙ VA-T-ON ?

CLING

HM...
BAM
QU'EST-CE QUI TE PREND ?
JE M'EN DOUTAIS !
J'ALLAIS TE TUER SANS TE FAIRE SOUFFRIR...
CET HOMME...

OSER ANNONCER QU'ON QUITTE LE CLAN PARCE QU'ON DEVIENT PARENT D'UN ENFANT...
C'EST INTOLÉRABLE, MÊME POUR UN SHINOBI DE HAUT RANG...
JE M'OCCUPERAI MOI-MÊME DE CET ENFANT.
OUI !
REGARDE, GABIMARU...
C'EST ÇA, LA FAIBLESSE !
MÊME EN FAMILLE, ON NE DOIT PAS FAIRE DE SENTIMENTS...
SINON, CETTE FAIBLESSE NOUS CONTAMINERA.
ET SI TU ES FAIBLE, TU NE PEUX PROTÉGER PERSONNE !
NI TES ENFANTS...
NI TOUT CE QUI COMPTE À TES YEUX...

ÉCOLE IWAGAKURE KIBISUZUME
ÉCOLE DU COUP UNIQUE GUSOKUWARI
FSHHT
CHAPITRE 5

...
SI TU ME TUES, TU ENFREINDRAS LES RÈGLES !
...
TON CAMARADE L'A DIT ! IL Y A DES PRIORITÉS !
SI JAMAIS LE CLAN IWAGAKURE DÉBARQUE...
TOUT SERA RÉDUIT À NÉANT !
ABSO-LUMENT TOUT !!
SI ON NE TERMINE PAS NOTRE MISSION AVANT, LE PIRE EST À CRAINDRE...
IL NE FAIT AUCUN DOUTE QUE LE SHÔGUN EST ENTRE EN CONTACT AVEC LE CLAN IWAGAKURE...
AH... ÇA...
JE N'AI RIEN CONTRE VOUS, LES EXÉCUTEURS, MAIS VOUS NOUS GÊNEZ...
SI VOUS NOUS SURVEILLEZ MAIS QU'ON NE TROUVE PAS L'ÉLIXIR, VOUS AUREZ TOUT RATÉ !

ET C'EST POUR ÇA QUE TU VEUX ME TUER ?
PARFOIS, ON N'A PAS LE CHOIX...
DÉSOLÉ, MAIS IL FAUT QUE TU MEURES.
OUI... CET HOMME EST TRÈS DANGEREUX...
SA PENSÉE S'APPUIE SUR UNE LOGIQUE INSENSÉE...
IL DOIT ÊTRE EXÉCUTÉ SUR-LE-CHAMP !

POURTANT, J'HÉSITE... JE LE SENS...
POURQUOI...
JE N'ARRIVE PAS À ME CONVAINCRE QU'IL EST MAUVAIS ?
J'AI DU MAL...
BEAUCOUP DE MAL...
CLING

ÇA M'ARRIVE ENCORE...
POURQUOI J'HÉSITE ?
BLAM
SPOF
CLING
ENCORE MAINTE-NANT...
NON... DEPUIS LE DÉBUT, JE RETIENS MES COUPS...
CETTE FILLE N'EST POURTANT PAS DIFFÉ-RENTE DE TOUS CEUX QUE J'AI DÉJÀ TUÉS !
ALORS POURQUOI ?
NE PAS AVOIR ENVIE DE TUER LES GENS, C'EST PLUTÔT NATUREL...

IDIOTE... JE SUIS GABIMARU LE VIDE !
JE NE VAIS PAS ME METTRE À FAIRE DE SENTIMENTS !
AH BON ?
POUR QUELQU'UN QUI ROUGIT QUAND ON L'EMBRASSE, TU DIS DES CHOSES BIZARRES...
SI TU AS DES ÉMOTIONS, LAISSE-LES TE GUIDER !
TU N'ES PLUS CELUI QUE TU ÉTAIS AVANT !
LE VRAI COURAGE, C'EST D'ACCEPTER CE QUE L'ON RESSENT...
SI TU DEVAIS QUITTER LE CLAN, JE TE SUIVRAIS !
J'AI DÉCOUVERT L'AFFECTION AVEC MA FEMME, OUI...

TOUT COMME J'AI REN-CONTRÉ LA HAINE ...
HÉ ! C'EST PAS LA PEINE DE LE TUER !
LUI...
IL A DIT QU'IL SE VENGERAIT SUR MA FEMME.
ATTENDS ! MOI AUSSI, J'AI UNE FEMME ! DES ENFANTS !
TCHAC
DOM !!

J'AI APPRIS LA FAIBLESSE…
VRSHH
FUIT
TAC
PAF
UUH !
ENCORE…
CETTE HÉSITATION…
…

C'EST ÇA, LA FAIBLESSE…
À CE RYTHME-LÀ, NON SEULEMENT JE NE SERAI PAS ACQUITTÉ, MAIS JE NE QUITTERAI PAS L'ÎLE VIVANT !
LUI, C'EST UN MEURTRIER VIOLENT…
EN PLUS, IL CHERCHE À ME TUER…
AVOIR UN CŒUR…
C'EST LA PLAIE !
SI TU ES FAIBLE, TU NE PROTÉGERAS PERSONNE !

TING

FSHT
...
LE FOURREAU ?
TOUTE RÉSISTANCE EST INUTILE...
ET TU LE SAIS BIEN.
CONTRE MOI, AVEC UN FOURREAU, TU NE PEUX PAS GAGNER.
JE ME FICHE UN PEU DES AUTRES CONDAMNÉS, MAIS...
TOI, ÇA ME FAIT DE LA PEINE DE TE TUER.
MEURS AU MOINS SANS FAIRE D'HISTOIRES.
ÇA TE FAIT DE LA PEINE ?
TU RESSENS DONC ENCORE DES CHOSES ?
TU AVAIS RAISON...

JE NE RESSENS RIEN...
CRAC
JE SUIS GABIMARU LE VIDE.
CRAC
J'AI TUÉ TANT DE GENS QUE J'AURAIS PU M'EN LASSER...
JE PEUX TE TUER, TOI AUSSI, JE NE SUIS PLUS À ÇA PRÈS.
CRAC
CRAC
CRAC
CRAC
CRAC
C'EST CE QU'ON M'A APPRIS...
CRAC

SI TU ES FAIBLE, TU NE PROTÉGERAS PERSONNE !
CET HOMME EST VRAIMENT DANGEREUX...
POURTANT...
JE NE FAIS PAS DE SENTIMENTS...
ALORS MEURS.
UH...
...
?
UH...
...

UH...

POUR-
QUOI ?
POURQUOI
J'HÉSITE ?
JE CROYAIS
NE PLUS RIEN
RESSENTIR !
MAIS
OUI !
C'ÉTAIT
DÉJÀ LE
CAS, LÀ...
ET LÀ AUSSI...
ET
ENCORE LÀ...

SUR SON VISAGE...
CETTE MÊME EXPRESSION...
COMME S'IL ENDURAIT QUELQUE CHOSE.
L'ENVIRONNEMENT DANS LEQUEL IL A GRANDI EST TROMPEUR...
CE GARÇON N'EST NI "VIDE" NI DÉPOURVU D'ÉMOTIONS.
IL RESSENT DES CHOSES...
IL EST HUMAIN !

MOI AUSSI, QUAND JE L'AI VU...
J'AI ÉTÉ CONFRONTÉE À MES PROPRES TOURMENTS.
JE SUIS DEVENU SI FAIBLE QUE ÇA ?!
À CE RYTHME-LÀ...
JE NE SURVIVRAI PAS !
SI JE SUIS SI FAIBLE...
JE NE REVERRAI PAS MA FEMME !

CLAC
CE N'EST PAS DE LA FAIBLESSE...
C'EST LE DÉBUT DE LA FORCE !
NE PLUS RIEN ÉPROUVER, ÇA REVIENT JUSTE À DÉTOURNER LE REGARD ...
SE CONFRONTER À SES PROPRES SENTIMENTS EST UNE FORCE !
FSHHHT
"LE VRAI COURAGE, C'EST D'ACCEPTER CE QUE L'ON RESSENT..."

VOILÀ TOUT CE QUE JE PEUX TE DIRE.
GRÂCE À TOI, J'AI PU FAIRE FACE AUX MIENS...
...
TU CROIS QUE C'EST LE MOMENT ?
TU PEUX PARLER ! TU AS RETENU TON COUP !
NORMALEMENT, JE DEVRAIS T'EXÉCUTER SUR-LE-CHAMP, MAIS...
CETTE FOIS, JE VEUX BIEN FERMER LES YEUX...
PARCE QUE...
TU REGRETTES TES CRIMES.
ET... EUH...
TU SEMBLES VOULOIR RETROUVER TON HUMANITÉ ET PRENDRE UN NOUVEAU DÉPART.
ALORS ...
JE VEUX VOIR SI TU Y PARVIENDRAS !

FSHT
DÉBROUILLE-TOI POUR ME LE PROUVER !
PARCE QU'ON PEUT DOUTER QU'UN HOMME COMME TOI Y PARVIENNE !
"UN HOMME COMME MOI" ?
OUI ! TU ES UN CRIMINEL, NON ?
ELLE VEUT VOIR MA VRAIE PERSON-NALITÉ...
ET SI JE VEUX DEVENIR PLUS FORT...
JE DOIS ARRÊTER DE ME MENTIR À MOI-MÊME !
NOS POSITIONS RESPECTIVES RESTENT INCHANGÉES, MAIS...
TU N'ES PLUS...
"TU N'ES PLUS..."

CELUI QUE TU ÉTAIS AVANT.
TCHAC

FASHION CHECK

DÉTAIL DES TENUES DE *HELL'S PARADISE*

LA COURTISANE CANNIBALE

AKAGINU

INDICE ÉLÉGANCE ► **GRAND SHÔGUN** ☆☆☆ *Avant-gardiste à tous les niveaux !*

CHAPITRE 6
ON M'APPELAIT "KENRYÛ" OU "L'INVINCIBLE DE HASSHÛ"...
À UNE ÉPOQUE, AUCUN HOMME NE POUVAIT RIVALISER AVEC MOI.
LE SEIGNEUR DU FIEF, TATSUMI MACHIN-CHOSE, M'AVAIT ENVOYÉ UNE DEMANDE POUR OCCUPER UN POSTE GOUVERNE-MENTAL.
C'ÉTAIT LE GENRE DE TYPE HAUTAIN, TRÈS FIER DE SA GRANDE DEMEURE, MAIS...
IL Y AVAIT DE LA NOURRITURE À PROFUSION À SA TABLE ET LES DRAGONS SUR SON AUVENT ME PLAISAIENT, ALORS J'AI ACCEPTÉ L'INVITATION...
HA HA HA !
L'ALCOOL ÉTAIT TRÈS BON, ET LA DISCUSSION S'EST EMBALLÉE...
MAIS DITES-MOI, CHER GAN-TETSUSAI...
ON VOUS SURNOMME "KENRYÛ", MAIS VOUS NE POUVEZ QUAND MÊME PAS TUER UN VRAI DRAGON, N'EST-CE PAS ?
CLIC

JE LUI AI DONC FAIT LA DÉMONSTRATION DE MA PUISSANCE...
EN TRANCHANT LA DÉCORATION DU DRAGON INSTALLÉE SUR L'AUVENT... ET LE TROUILLARD QUI AVAIT OSÉ POSER ÇA...

TU ES TROP IMPULSIF... JE NE TE COMPRENDS PAS !
HA HA HA ! JE SUIS TOUT À FAIT D'ACCORD !
À CAUSE DE ÇA, J'AI ÉTÉ POURCHASSÉ ET CONDAMNÉ À MORT...
MAIS JE NE REGRETTE RIEN...
SI JE M'EMPARE DU CERTIFICAT, J'AURAI LE CHAMP LIBRE !
JE POURRAI PRATIQUER MON ART DU SABRE...
ET LA PROCHAINE FOIS, C'EST LA DEMEURE ENTIÈRE QUE JE FENDRAI EN DEUX !
VRAIMENT, JE NE TE COMPRENDS PAS...
DE MON POINT DE VUE, LES FOUS, ICI, C'EST VOUS !
MACHIN-CHOSE-EMON, ÇA FAIT QUOI DE SE NOURRIR DU SANG DES CONDAMNÉS ?
9E EXÉCUTEUR DE L'ÉCOLE DU COUP UNIQUE
FUCHI YAMADA ASAEMON
...

CE QUE TU PORTES À LA TAILLE, CE SONT DES INSTRUMENTS DE DISSECTION, HEIN ?
C'EST RÉPUGNANT !
...
"ASAEMON"...
FUCHI YAMADA ASAEMON...
MA FAMILLE NE PRATIQUE PAS QUE DES EXÉCUTIONS.
ELLE TESTE DES LAMES, FABRIQUE DES MÉDICAMENTS...
ELLE SE REND UTILE À LA SOCIÉTÉ...
BIEN PLUS QU'UN RONIN COMME TOI.
QUANT À LA DISSECTION...
ELLE PERMET D'EN SAVOIR PLUS SUR LE CORPS HUMAIN ET DE FAIRE PROGRESSER LA MÉDECINE.
ALORS NE T'AVISE PAS DE M'INSULTER !

FRT
AH !
...
PFF !
TANT QUE TU NE ME GÊNES PAS, LE RESTE, JE M'EN FICHE...
CRAC
AH !
BON...
TU SAIS OÙ TU VAS ?

HÉ...
ÉVIDEM-MENT !
JE VAIS ALLER ÉCRASER TOUS MES CONCUR-RENTS !
HÉ
!
JE CHERCHERAI L'ÉLIXIR ENSUITE, C'EST LA MEILLEURE STRATÉGIE...
ET PUIS SURTOUT ...
SLAP
SLAP
J'AI BESOIN DE ME DÉGOURDIR LE SABRE !
IL Y A CE TYPE QUI A PROPULSÉ SON ADVERSAIRE À SIX MÈTRES DE HAUT...
IL A DU RÉPONDANT !
ET CETTE FILLE AVEC SON JOLI CUL...
UN TRÈS JOLI CUL !!
MAIS MON PRÉFÉRÉ, C'EST LE SHINOBI !
SON REGARD DE TUEUR, SON ATTITUDE : C'EST DU HAUT NIVEAU !

*KODOKU : NOM D'UNE PRATIQUE CONSISTANT À METTRE PLUSIEURS INSECTES DANS UN POT POUR QU'ILS S'ENTRETUENT ET À NE GARDER QUE LE PLUS VÉNIMEUX.

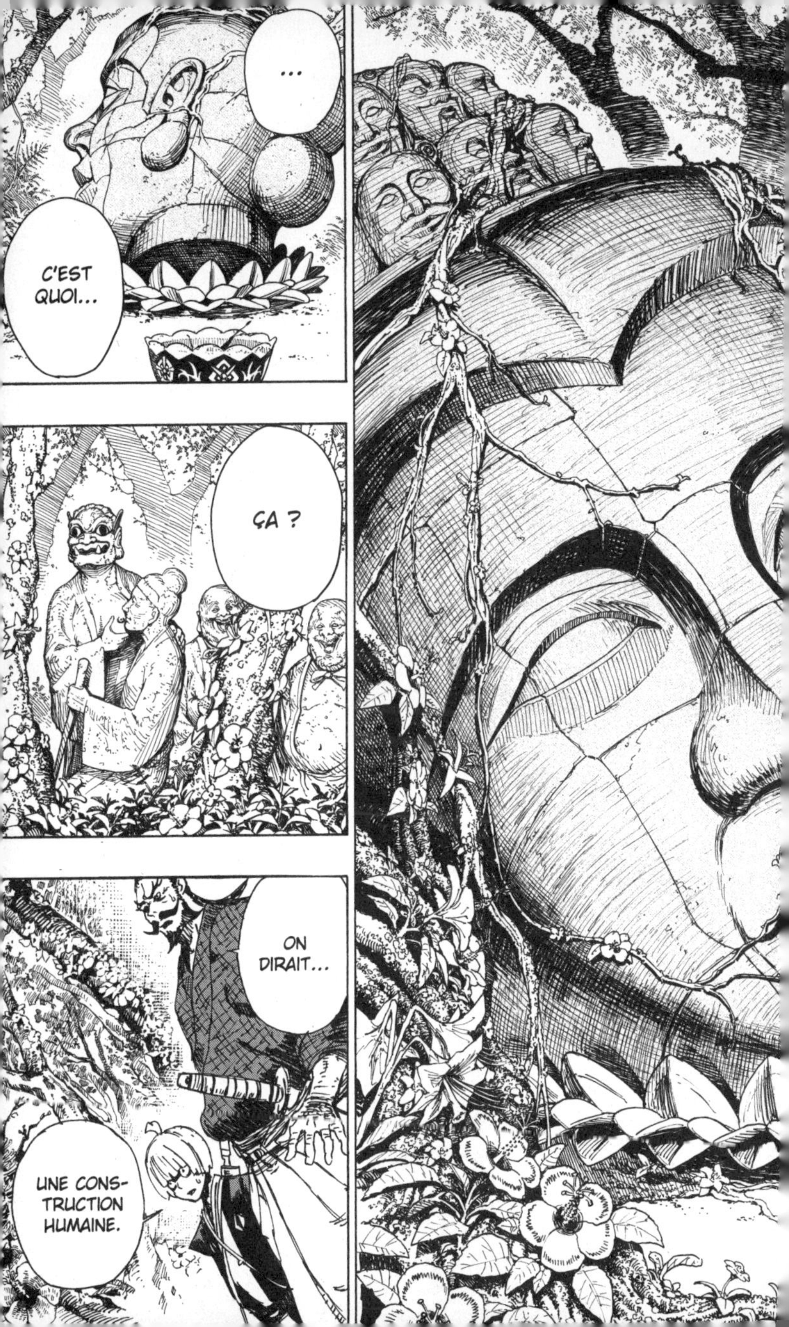
...
C'EST QUOI...
ÇA ?
ON DIRAIT...
UNE CONS-TRUCTION HUMAINE.

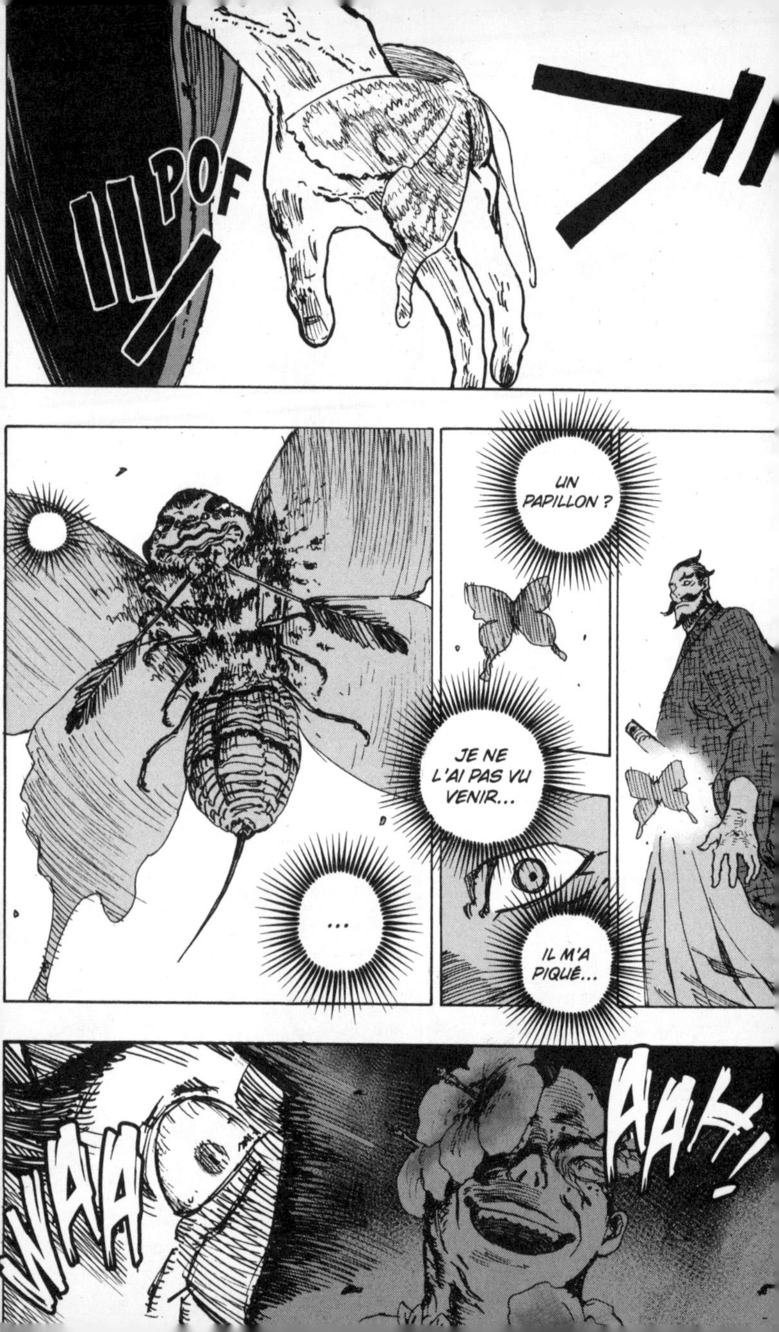
POF
UN PAPILLON ?
JE NE L'AI PAS VU VENIR…
IL M'A PIQUÉ…
…
AAH !
WAAA

TCHAC
MAIS...
FUIT
QU'EST-CE QUI TE PREND ?!
PLAF
POURQUOI ?!
UUUH...
REGARDE !

UN PAPILLON À VISAGE HUMAIN...
TU AS DÉJÀ VU ÇA, TOI ?
POF
POF
PLAF
AH...
OH !
CE N'EST PAS LE MOMENT DE S'EXTASIER !
CRR
CRR

AH...
QUELLE EST DONC CETTE ÎLE ?
ON SERAIT VRAIMENT...
DANS L'AU-DELÀ ?
AAH...
DES CRÉATURES...
PAREILLES...
ÇA COMMENCE À ME PLAIRE !

ZOOM

FRSHHH
AH...
AH...
FRSHH
...
ALORS ÇA, C'EST PAS COMMUN !
FRSHH

MAIS...
C'EST QUOI...
CE...
TRUC ?!
...
PAF
NE RESTE PAS LÀ !
TOME 1 - Fin

LE GRAND CHASSEUR

IGAMINO KEIUN

(ARMURE VIVANTE)

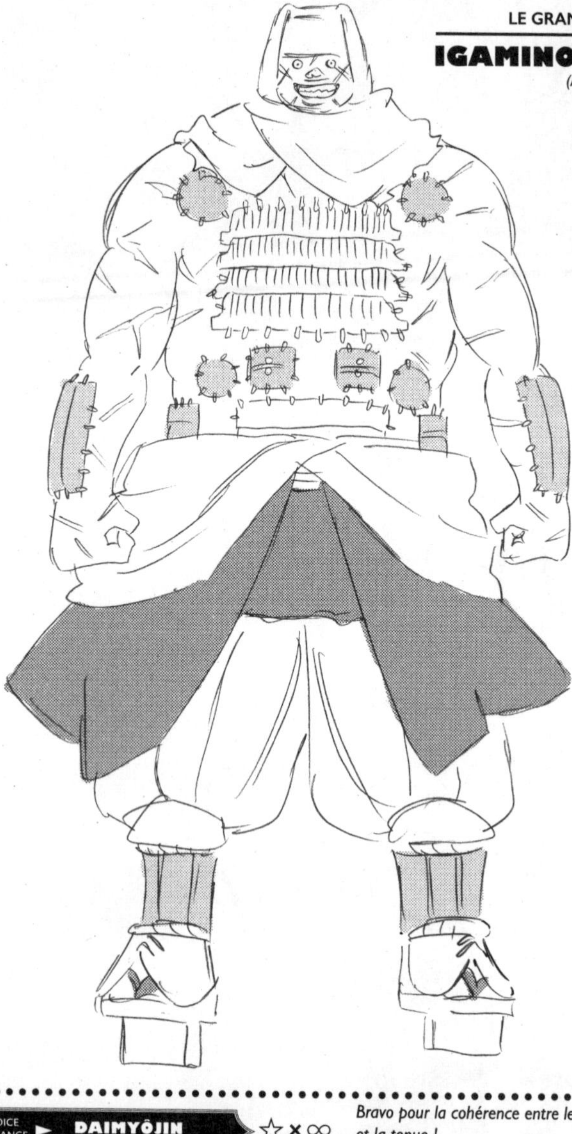

INDICE ÉLÉGANCE ► **DAIMYÔJIN** ☆ × ∞

Bravo pour la cohérence entre le corps et la tenue !

COLLABORATION AUX DESSINS

Akane Arimoto
Emi Uryû
Tatsuya Endô
Sora Kawasaki
Yukinobu Ryû
Midori Nishizawa
Aya Nakamura
Takuo Nagoya
Park Chong Hu

RESPONSABLE ÉDITORIAL

Hideaki Kashiwabara

DESIGNER

Hideaki Shimada
Taiki Asami

JIGOKURAKU

First published in 2018 by SHUEISHA Inc., Tokyo.
French translation rights in France
and French-speaking Belgium, Luxembourg,
Switzerland and Canada arranged
by SHUEISHA Inc.

Édition française
KAZÉ
8, rue Ambroise Thomas 75009 Paris
www.kaze-manga.fr

DIRECTEUR ÉDITORIAL
Pierre Valls
TRADUIT DU JAPONAIS PAR
Thibaud Desbief
LETTRAGE & MAQUETTE
Hinoko
SUPERVISION ÉDITORIALE
Quentin Pillault
DIRECTION ARTISTIQUE
Ludovic Allouche
DESIGN
Fiona Vollborth
RESPONSABLE DE FABRICATION
Julie Baudry

ISBN : 978-2-82033-532-6

Achevé d'imprimer en CE février 2019
par L.E.G.O. SpA, Lavis (Italie).
Dépôt légal : mars 2019

Certifié PEFC
Ce livre est issu de forêts gérées durablement et de source contrôlées
PEFC
PEFC/18-31-280
www.pefc-france.org

'Grand Vert'

était autrefois associé à la séduction amoureuse, mais pour les Grecs, il représentait aussi la haine et le deuil. Malgré ce symbolisme controversé, tout le monde s'accorde à reconnaître son parfum agréable. Le basilic offre une infinité de saveurs et d'arômes, et de nouvelles variétés apparaissent chaque année. Certaines se prêtent mieux que d'autres à la culture en intérieur.

VARIÉTÉS POPULAIRES

Le basilic 'Grand Vert', ou basilic 'Genovese', est une variété très aromatique avec des feuilles vert foncé brillantes et lisses. C'est un ingrédient incontournable pour la cuisine méditerranéenne, les pestos et l'assaisonnement des tomates fraîches.

Les feuilles vert clair du basilic citron ont une agréable saveur citronnée, idéale pour aromatiser le thé glacé et la limonade.

'Mrihani' est un beau basilic avec des feuilles gaufrées vert clair, parfois teintées de pourpre. Il a une senteur florale avec des notes de fenouil et résiste bien au mildiou.

'Mrihani'

Basilic citron

IDÉE POUR L'UTILISER

Du fromage à tartiner mélangé avec du basilic ciselé et des graines de sésame grillées fait une excellente farce pour les branches de céleri.

VIVRE AVEC LE BASILIC

Autres noms : les variétés de basilic sont souvent dénommées d'après l'odeur ou l'aspect de la plante. Celles recommandées pour l'intérieur sont les basilics 'Grand Vert', grec, thaï et citron.

Langage des fleurs : meilleurs vœux, haine

Description : le basilic est une herbe non rustique. Il existe de nombreuses espèces, avec une grande diversité de parfums, de formes foliaires et de couleurs. Cultivées à l'intérieur, ces plantes ont des hauteurs variables, allant de 30 cm à 1 m.

Culture : offrez à la plante le plus de soleil direct possible ou cultivez-la sous une lumière artificielle. Utilisez un terreau meuble, bien drainant. Maintenez la motte relativement humide, mais pas détrempée, et assurez une bonne aération. Pincez l'extrémité des tiges pour obtenir un port buissonnant et empêcher la plante de fleurir, ce qui raccourcirait sa durée de vie.

Multiplication : le basilic se multiplie par semis et bouturage de tiges.

Parties utilisées : feuilles ; les fleurs sont également comestibles.

Récolte et conservation : récoltez les feuilles quand elles sont jeunes. Vous pouvez les utiliser fraîches ou séchées, les congeler ou les conserver dans du vinaigre ou de l'huile. Le basilic parfume les salades, les pâtisseries et toutes sortes de plats.

Ravageurs : les attaques de mouches blanches et de pucerons sont assez fréquentes. Remplacez les plantes chaque année.

Origan et autres espèces appelées origans

Origanum spp.

Là où l'abeille ne peut aspirer de miel, elle laisse son dard derrière elle ; et là où l'ours ne peut trouver d'origan pour guérir son chagrin, il fait s'envoler toutes les autres feuilles d'un seul souffle.
– John Lyly, *Sapho et Phao*, 1580

Issu du grec, le nom *Origanum* signifie « joie des montagnes », en référence au parfum que dégagent les plantes en fleurs sur les flancs des collines dans leur contrée d'origine, la région méditerranéenne. Les Romains et les Grecs couronnaient les couples qui se mariaient avec de la marjolaine pour symboliser l'amour, l'honneur et le bonheur. On plantait cette herbe sur les tombes pour assurer aux défunts un séjour paisible dans l'au-delà.

L'utilisation des origans en médecine et en cuisine est très ancienne. Mais leur nomenclature est confuse. De nombreuses plantes à travers le monde contiennent la même huile essentielle qui donne à l'origan son parfum – elles ne ressemblent pas à l'origan, mais elles sentent l'origan. Chuck Voigt, membre fondateur de l'International Herb Association, affirme que « dans une certaine mesure, l'origan est plus une saveur qu'une plante ». Les vrais origans appartiennent au genre *Origanum*, mais l'origan mexicain (*Lippia graveolens*) et l'origan cubain (*Plectranthus amboinicus*) ont également un parfum et un goût d'origan, bien que l'origan cubain ne soit pas utilisé en cuisine.

Les « vrais » origans sont des plantes vivaces herbacées à tige carrée, comme les menthes. Ils ont des exigences culturales, des utilisations, des feuillages et des ports variés. Certains sont cultivés comme plantes ornementales, d'autres comme aromates. En cuisine, un bon origan a une saveur piquante et poivrée – une feuille fraîchement cueillie doit picoter dans la bouche. La puissance du parfum est très variable selon les plantes. Lorsque vous choisissez un origan, sentez-le pour vous assurer qu'il a un parfum fort, puis goûtez un petit morceau de feuille.

Les Grecs, les Italiens et les Espagnols ont été les premiers à utiliser l'origan en cuisine ; les Espagnols l'ont ensuite introduit au Mexique. C'est un ingrédient de base dans la poudre de chili. L'origan se marie bien avec les aliments à forte saveur, comme le bœuf, les agrumes, l'agneau et les tomates. Une infusion d'origan avant un voyage en mer était censée prévenir le mal de mer.

VARIÉTÉS POPULAIRES

Origan grec
O. vulgare hirtum
Cette variété au port étalé atteint 30 à 45 cm de hauteur lorsqu'elle est cultivée en intérieur. Elle a un feuillage vert foncé et des fleurs blanches. Les feuilles ont une saveur d'origan prononcée et, mâchées seules, elles piquent la langue. La plupart des experts culinaires s'accordent pour dire que l'origan grec est la meilleure variété d'origan pour une utilisation en cuisine.

Origan panaché
***O. vulgare* 'Variegata'**
Cette plante très décorative possède des feuilles panachées de blanc crème. Elle a un port rampant et atteint 15 cm de hauteur. Son arôme est identique à celui de l'origan commun. Les feuilles constituent une belle garniture pour les salades, les légumes et les plats à base de fruits.

Origan à petites feuilles
O. microphyllum
Originaire de Crète, cet origan est souvent préparé en tisane avec le « thé des montagnes » (*malotira*), une plante à infusion très populaire en Grèce. Les tiges fines et coriaces sont garnies de petites feuilles aromatiques bleu-vert argenté et se parent en été de fleurs violettes. La plante atteint 25 à 30 cm de hauteur. Elle fut introduite dans le commerce par Theresa Mieseler de Shady Acres Herb Farm.

Origan grec

Marjolaine
O. majorana
Cette vivace semi-rustique a l'aspect d'un petit buisson dressé de 25 à 30 cm de hauteur. Les tiges teintées de pourpre sont garnies de feuilles gris-vert couvertes de poils courts et fins. La plante produit des bouquets de toutes petites fleurs blanches entourées de bractées vert pâle. La marjolaine a une saveur plus douce que celle de son cousin, l'origan. Les Anglais consommaient la marjolaine sous forme de « thé » avant que les thés noirs et verts ne soient importés d'Asie ; mélangée et infusée avec de la sarriette et du romarin, elle donne une tisane glacée rafraîchissante.

Origan panaché

Origan à petites feuilles

Origan mexicain
Lippia graveolens
L'origan mexicain n'est pas un vrai origan ; il appartient à la famille des verveines. Cet arbuste au port dressé a des feuilles vertes ovales, légèrement rugueuses et délicatement crénelées, et de jolies fleurs crème. Il se cultive bien à l'intérieur à condition d'être près d'une fenêtre ensoleillée.
Le feuillage très aromatique a un goût d'origan, mais avec une note citronnée. Il aromatise agréablement les sauces tomate, les légumes sautés et les marinades.

Marjolaine

■ IDÉE POUR L'UTILISER

La douceur de la marjolaine et le piquant de l'origan se complètent bien. Lorsque vous cuisinez avec de la marjolaine, ajoutez-la juste avant la fin de cuisson car son arôme est moins fort que celui de l'origan.

■ VIVRE AVEC L'ORIGAN

Autres noms : l'origan commun (O. *vulgare*) est aussi appelé marjolaine sauvage ou marjolaine vivace. La marjolaine vraie (O. *majorana*) est parfois dénommée marjolaine des jardins ou marjolaine à coquilles.

Langage des fleurs : bonheur, joie

Description : les origans sont des vivaces rustiques légèrement ligneuses, dotées d'un système racinaire rampant. Les feuilles sont ovales à elliptiques et fortement aromatiques. Les fleurs vont du blanc au violet clair. Selon les espèces, les plantes varient de 15 à 45 cm de hauteur ; certaines variétés sont dressées et d'autres ont un port plus prostré.

Culture : cultivez les origans dans un substrat meuble, bien drainant, en plein soleil – il leur faut de 5 à 6 heures de soleil direct par jour. Arrosez régulièrement, mais ne laissez jamais la plante stagner dans l'eau.

Multiplication : la plupart des origans ne se reproduisent pas à l'identique par semis, notamment en ce qui concerne la saveur. Il vaut mieux les multiplier par bouturage de tiges ou division de touffes.

Parties utilisées : feuilles, fraîches et séchées

Récolte et conservation : prélevez les feuilles selon vos besoins lorsque la plante est en pleine croissance. Faites-les sécher, congelez-les ou mettez-les dans de l'huile ou du vinaigre. L'origan est une espèce vigoureuse, donc n'hésitez pas à tailler sévèrement la plante si elle se dégarnit.

Ravageurs : pucerons, cochenilles farineuses, araignées rouges ; sensible à certaines maladies telles que la pourriture des racines et l'oïdium.

Origan mexicain

Persil

Petroselinum crispum

Persil plat

Persil frisé

Le persil est la couronne de la cuisine.
Il couronnait autrefois l'homme ;
il couronne maintenant sa nourriture.
– Irma Goodrich Mazza, *Herbs for the Kitchen*

Originaire du sud de l'Europe et de l'est de la Méditerranée, cette herbe humble et conviviale a un passé fascinant et déroutant.

Le persil était l'une des premières plantes utilisées pour faire des couronnes. Dans l'Antiquité, les Grecs en portaient lors des banquets pour absorber les vapeurs du vin et retarder l'ivresse et en couronnaient leurs athlètes victorieux. Ils ornaient les tombes de leurs proches avec des guirlandes de persil. À mesure que le persil prenait racine et s'épanouissait dans les lieux funéraires, il finit par être associé à la mort, aux Enfers et à la malchance. Comme le persil est lent à germer et difficile à transplanter, la légende rapporte que la semence de persil rend sept fois visite au diable avant de germer. Toujours dans l'histoire déconcertante du persil, d'autres traditions végétales associent cette herbe à la vie et à la joie. Une vieille comptine anglaise du XVIIe siècle dit que « les bébés naissent dans les plates-bandes de persil ».

Fréquemment utilisé en brins pour garnir les entrées ou les plats, le persil est probablement l'une des herbes culinaires les plus familières. En cuisine, ses utilisations sont multiples. Outre son goût, agréable et délicat, il a aussi l'art de renforcer la saveur d'herbes plus dominantes. Le persil est riche en minéraux, en chlorophylle et en vitamines A et C.

Il existe deux types de persil adaptés à la culture en intérieur. Le persil frisé (*P. crispum* var. *crispum*) a des feuilles frisées vert vif disposées en touffes sur des tiges courtes et robustes ; on l'utilise plutôt en garniture. Le persil plat (*P. crispum* var. *neopolitanum*) a des feuilles aplaties, vert foncé et brillantes, et une saveur plus prononcée.

IDÉE POUR L'UTILISER

Mangez la garniture de vos plats ! Le persil est riche en chlorophylle ; c'est un rafraîchisseur d'haleine naturel.

VIVRE AVEC LE PERSIL

Autre nom : le persil plat est aussi appelé persil de Naples.

Langage des fleurs : fête, joie, victoire ; « La maîtresse de la maison est la patronne. »

Description : le persil est une herbe bisannuelle dotée d'une longue racine pivotante. La plante atteint 45 cm de hauteur et 30 cm de largeur.

Culture : le persil est adapté à la culture en pot. Espacez les plantes de 15 à 20 cm. Cultivez-les au soleil direct ou sous lumière artificielle. Gardez une humidité la plus constante possible. Le persil étant éphémère, il vaut mieux renouveler les plants chaque année.

Multiplication : semez les graines directement dans les pots.

Parties utilisées : feuilles, fraîches, séchées ou congelées

Récolte et conservation : prélevez les feuilles selon vos besoins, en commençant par celles de la périphérie, plus anciennes. Utilisez-les dans les soupes et les salades, ou pour aromatiser beurre, vinaigre et sel. C'est un bon ingrédient pour smoothies verts.

Ravageurs : pucerons, cochenilles farineuses et mouches blanches

Romarin

Rosmarinus officinalis

> *Quant au romarin, je le laisse envahir les murs de mon jardin, non seulement parce que mes abeilles en raffolent, mais aussi parce que c'est l'herbe sacrée du souvenir et de l'amitié.*
>
> – **Thomas More**

De la même famille que la menthe, ce petit arbuste à feuillage persistant est originaire des falaises rocheuses de la région méditerranéenne. Son nom latin signifie « rosée de la mer », peut-être en référence à la teinte bleue de ses fleurs et à sa présence en bord de mer. On dit que si le basilic est le roi des herbes, le romarin doit en être la reine. Depuis plus de 2 000 ans, cette herbe aux usages multiples est appréciée pour son arôme puissant, ses vertus médicinales et ses qualités gastronomiques. Dans le folklore, le romarin est un symbole de fidélité associé au souvenir, à l'amitié et à l'amour, et il est traditionnellement utilisé lors des mariages et des funérailles. Le romarin est aussi appelé encensier, car il était utilisé dans les églises et les cathédrales pour purifier et désinfecter l'air.

Selon la légende, des brins de romarin placés sous l'oreiller ou suspendus à la porte d'entrée étaient censés empêcher les cauchemars et faire fuir les sorcières. Autrefois, les étudiants portaient des couronnes de romarin pour stimuler la mémoire pendant les examens – des études récentes semblent confirmer ce bienfait. Au XVIe siècle, Isabelle Jagellon, reine de Hongrie, affirmait que l'utilisation de l'eau de Hongrie (alcoolat de romarin) lui avait tellement rendu santé et beauté à 72 ans que le roi de Pologne l'avait demandée en mariage. L'herboriste britannique Maude Grieve note dans son *Modern Herbal* (1931) qu'en Angleterre, le romarin était un cadeau traditionnel pour le nouvel an.

Le romarin est une plante appréciée auprès des amateurs de topiaires. Les variétés au port dressé sont tout à fait adaptées à la création de formes sur tige et les variétés prostrées se prêtent à la taille en forme de cœur ou de cercle. Le romarin à odeur de pin est parfait pour les pots-pourris.

Il existe de nombreuses variétés de romarins, allant du port dressé au port retombant. Les couleurs des feuilles vont du gris-vert tendre au vert forêt sombre. Certaines espèces ont des feuilles brillantes larges ou très étroites, au revers gris ou blanc, et des fleurs rose clair, lavande pâle ou bleu pâle à bleu foncé. L'odeur forte des feuilles de romarin évoque le camphre, le pin, la résine ou même le citron. Pour l'intérieur, choisissez un type de plante qui pousse bien en pot.

VARIÉTÉS POPULAIRES

Romarin Tuscan Blue
***R. o.* 'Tuscan Blue'**
Ce romarin est prisé pour ses qualités ornementales, son parfum de pin et ses feuilles souples vert grisâtre. Il développe une belle silhouette dressée, colonnaire et robuste, et possède des tiges épaisses, des feuilles charnues et des grandes fleurs bleu clair. Sa saveur et son arôme, un peu plus doux que ceux des autres romarins, sont appréciés des grands chefs. C'est une excellente variété pour les topiaires.

Romarin Blue Boy
***R. o.* 'Blue Boy'**
'Blue Boy' est un cultivar miniature parfaitement adapté pour la culture en pot et les endroits où un romarin de taille normale ne conviendrait pas. Cette plante compacte à croissance lente fleurit longtemps, se couvrant d'une profusion de fleurs bleu clair. Avec sa taille réduite (15 à 25 cm de hauteur), ce charmant petit romarin est idéal pour le jardin d'intérieur et il est aussi très savoureux.

Romarin 'Shady Acres'
***R. o.* 'Shady Acres'**
Sélectionné dans le Minnesota par Theresa Mieseler à Shady Acres Herb

'Blue Boy'

'Tuscan Blue'

'Shady Acres'

Ferm, ce romarin est un aromate de premier choix, exceptionnel par son parfum et sa forme. Il pousse vite, formant un buisson dressé et vigoureux aux feuilles vert foncé.

IDÉE POUR L'UTILISER

Le romarin se marie bien avec l'orange. Utilisez-le pour parfumer de la gelée d'orange ou ciselez-le pour garnir des tranches d'orange ou une salade d'agrumes. Il parfume aussi agréablement le jus ou la gelée de canneberges.

VIVRE AVEC LE ROMARIN

Autres noms : encensier, herbe-aux-couronnes

Langage des fleurs : fidélité, amitié, loyauté

Description : presque tous les romarins communément cultivés sont des sélections de l'espèce *Rosmarinus officinalis*. Leur port est dressé ou retombant, avec quelques formes intermédiaires. Les feuilles sont sessiles, aciculaires et aromatiques. Les fleurs rose-blanc, lavande pâle ou bleu foncé commencent à s'épanouir en fin d'hiver à l'intérieur.

Culture : le romarin demande une lumière vive, avec du soleil direct. Il est délicat en ce qui concerne l'arrosage. La terre doit assurer un bon drainage, mais ne jamais sécher complètement. Réduisez les arrosages en hiver.

Taillez la plante après la floraison et renouvelez-la au besoin.

Multiplication : le romarin se propage par semis ou bouturage de tiges. La multiplication par semis est toutefois un processus lent et peu fiable.

Parties utilisées : feuilles, fraîches ou séchées

Récolte et conservation : coupez des tiges feuillées et suspendez-les pour les faire sécher. Puis effeuillez-les et conservez les feuilles sèches dans un bocal en verre hermétique. Utilisez le romarin pour cuisiner, vous soigner, faire des tisanes ou préparer des produits pour le bain et le corps.

Ravageurs : mouches blanches ; craint aussi l'oïdium.

Oseille sanguine

Rumex sanguineus

L'oseille aiguise l'appétit, fait baisser la température, ravive le foie et fortifie le cœur...

Et utilisée dans une salade, elle tonifie les autres ingrédients en suppléant au manque d'oranges ou de citrons. Avec le sel, elle confère aux salades leur saveur, qui rend non seulement les plantes et les herbes mais les hommes aussi, aimables et agréables.

– John Evelyn, 1720

Le genre *Rumex* est originaire d'Europe, d'Asie du Sud-Ouest et d'Afrique du Nord. Plusieurs espèces sont cultivées comme plantes potagères, d'autres sont considérées comme mauvaises herbes pour les cultures. En latin, *rumex* signifie « lance », allusion à la forme lancéolée des feuilles de certaines espèces. L'oseille est utilisée en cuisine pour sa saveur acidulée et citronnée. Les espèces les plus couramment cultivées sont l'oseille ronde (*Rumex scutatus*) et l'oseille commune (*R. acetosa*). Moins familière, l'oseille sanguine (*R. sanguineus*) séduit par son feuillage ornemental coloré ; ses feuilles lancéolées vert clair sont fortement veinées de rouge pourpré.

Les paysans irlandais servaient régulièrement des feuilles d'oseille avec les plats à base de poisson et de lait pour prévenir le scorbut. Certains érudits religieux pensent que saint Patrick a utilisé des feuilles d'oseille, et non de trèfle, pour illustrer la sainte Trinité. Selon le folklore chinois ancien, le jus des feuilles d'oseille est un remède efficace pour éliminer les taches de rousseur.

Les feuilles de l'oseille sanguine sont un ajout très coloré et savoureux aux salades et elles apportent aux légumes verts une note vive d'agrumes. Historiquement, l'oseille était utilisée pour traiter le cancer et diverses maladies du sang.

IDÉE POUR L'UTILISER

L'acidité de l'oseille est plus agréable au palais lorsqu'elle est mélangée avec d'autres légumes verts.

VIVRE AVEC L'OSEILLE SANGUINE

Autre nom : patience sanguine

Langage des fleurs : patience

Description : l'oseille sanguine est une plante vivace à racine pivotante. Elle forme une rosette de feuilles lancéolées vert clair de 8 à 15 cm de longueur, aux nervures rouge pourpré. En intérieur, elle atteint 30 cm de hauteur et 15 à 25 cm de largeur.

Culture : placez la plante sous une lumière vive, avec du soleil direct. Arrosez régulièrement pour maintenir la terre toujours un peu humide. L'oseille préfère des températures fraîches toute l'année. Pour une meilleure croissance, pincez les tiges florales quand elles apparaissent.

Multiplication : semis ou division de touffe

Parties utilisées : feuilles fraîches – elles sont meilleures récoltées jeunes ; les vieilles feuilles sont amères et coriaces.

Récolte et conservation : coupez les jeunes feuilles au centre de la plante à mesure qu'elles se développent à l'aide d'une paire de ciseaux bien aiguisée. Les feuilles d'oseille sanguine apportent une saveur fraîche et acidulée aux salades et aux plats à base d'agrumes.

Ravageurs : attaques occasionnelles de mouches blanches, d'araignées rouges et de pucerons

Sauge

Salvia officinalis

La sauge est singulièrement bonne pour la tête et le cerveau ; elle avive les sens et la mémoire ; fortifie les tendons ; redonne la santé à ceux qui sont atteints de paralysie ; et fait disparaître les tremblements des membres.

– John Gerard, botaniste anglais, 1649

La sauge est considérée comme une plante médicinale depuis l'Antiquité – *officinalis*, référence aux « officines », indique une plante aux propriétés médicinales. Originaire des côtes nord du bassin méditerranéen, cette plante vivace est utilisée dans le monde entier pour aromatiser les plats. Le nom *Salvia*, du latin *salve*, « en bonne santé », reflète bien la nature charitable de cette herbe. Au Moyen Âge, on l'utilisait comme une panacée, un peu comme l'aspirine aujourd'hui.

On dit que cultiver de la sauge prolonge la vie et une autre vieille tradition populaire affirme que la sauge ne prospère que là où la femme tient les rênes de la maison. La consommation régulière de tisane de sauge était censée améliorer la mémoire et chasser la mélancolie et la dépression. Les Anglais ont introduit l'infusion de sauge auprès des Chinois, qui échangeaient quatre livres de thé contre une livre de sauge. Ils préféraient la sauge au thé pour soulager les migraines. Les Égyptiens l'utilisaient pour accroître leur fertilité.

La sauge officinale est la plus connue des quelque 800 espèces de ce vaste genre de la même famille que la menthe – on pourrait consacrer un livre entier aux *Salvia*. Pour débuter, cette espèce est une excellente plante à cultiver sur un rebord de fenêtre.

IDÉES POUR L'UTILISER

La sauge séchée est parfaite pour aromatiser les tourtes à la viande et les muffins à la semoule de maïs, mais aussi les boulettes de pâte accompagnant un ragoût. Essayez ceci : en suivant une recette de boulettes de pâte classique, confectionnez la pâte, abaissez-la, tartinez-la avec du beurre à température ambiante, saupoudrez de sauge émiettée, de sel d'ail, de persil frais haché et d'un peu de fromage râpé ; formez des boulettes et faites-les cuire au four selon les instructions de la recette.

VIVRE AVEC LA SAUGE

Autre nom : sauge officinale

Langage des fleurs : vertus domestiques ; longue vie et bonne santé ; « J'endurerai tout pour toi. »

Description : la sauge est une plante très aromatique avec des feuilles oblongues, douces, sur des tiges rigides qui deviennent ligneuses avec l'âge. Les fleurs estivales sont groupées en épis ; elles sont bleues, roses ou blanches selon les variétés. En intérieur, la plante atteint 30 à 45 cm de hauteur.

Culture : placez votre sauge devant une fenêtre au sud, pour l'exposer au soleil direct. Elle tolère assez bien la sécheresse. N'arrosez que lorsque c'est nécessaire et ne laissez jamais la plante stagner dans l'eau. Rabattez les tiges après la floraison. Évitez de mouiller le feuillage quand vous arrosez, car cela pourrait provoquer des moisissures.

Multiplication : semis ou boutures de tige

Parties utilisées : feuilles, fraîches ou séchées

Récolte et conservation : récoltez les feuilles fraîches selon vos besoins. Suspendez-les en bouquets pour les faire sécher. Vous pouvez aussi les congeler ou les conserver dans du vinaigre ou de l'huile d'olive. Utilisez-les dans des tisanes, du beurre aromatisé ou des plats de légumes. La sauge s'utilise aussi comme remède. Le feuillage est décoratif dans les bouquets.

Ravageurs : pucerons, araignées rouges

Pimprenelle

Sanguisorba minor

Il y a encore trois plantes qui répandent dans l'air l'odeur la plus agréable, mais il faut, pour les sentir, qu'elles soient foulées et écrasées ; ce sont la pimprenelle, le serpolet et la menthe aquatique. Que les promenades en soient donc toutes ensemencées pour qu'en les foulant on en fasse sortir le parfum.

– Francis Bacon, *An Essay of Gardens*, 1625

Originaire d'Europe et d'Asie, la pimprenelle fait curieusement partie de la famille du rosier, les Rosacées. Le nom de genre, *Sanguisorba*, vient du latin *sangus*, « sang », et *sobere*, « stopper ». La plante a des propriétés hémostatiques et elle est utilisée depuis des siècles pour arrêter l'écoulement du sang. En Hongrie, elle est appelée *csabaíre* (pommade de Csaba) ; selon la légende, ses vertus ont été découvertes par le prince Csaba à l'issue d'une terrible bataille contre son frère. On dit qu'il aurait soigné les blessures de quinze mille soldats avec du jus de pimprenelle. La pimprenelle a été l'une des premières herbes apportées en Amérique par les colons. Mélangée à du vin ou de la bière, elle était censée protéger contre les infections et réduire le risque de goutte.

L'Américaine Tovah Martin, spécialiste reconnue en plantes d'intérieur, écrit dans son livre *The Unexpected House Plant* : « Bien qu'elle ne fasse pas partie des superstars des herbes aromatiques comme le persil, la sauge, le romarin et le thym, la pimprenelle mérite une place sur l'appui de fenêtre. » Elle ressemble un peu à une petite fougère compacte qui pousserait en pot à l'intérieur.

IDÉE POUR L'UTILISER

La pimprenelle est plus que jolie. Ses feuilles vert foncé ont un léger goût de concombre et elle agrémente à merveille les salades.

VIVRE AVEC LA PIMPRENELLE

Autres noms : petite pimprenelle, sanguisorbe

Langage des fleurs : joie ; « Vous êtes mon unique amour. »

Description : la pimprenelle est une vivace herbacée éphémère. Elle forme de jolies touffes circulaires, avec d'élégantes feuilles vert foncé légèrement crénelées. Cultivée en pot, la plante atteint 20 à 30 cm de hauteur et 15 à 30 cm de largeur.

Culture : placez votre pimprenelle sous une lumière vive, avec du soleil direct. Elle est assez tolérante à la sécheresse. N'arrosez que lorsque c'est nécessaire et ne laissez jamais la plante stagner dans l'eau.

Multiplication : facile par semis

Parties utilisées : feuilles fraîches

Récolte et conservation : utilisez les feuilles dans des salades et pour parfumer les vinaigres, le fromage frais, les sauces vertes et les garnitures.

Ravageurs : pucerons, araignées rouges

Sarriette

Satureja spp.

Cette herbe est sous la domination de Mercure, et il n'y a pas de meilleur remède contre la colique et la passion iliaque que cette herbe ; gardez-la séchée près de vous toute l'année, si vous appréciez votre personne et votre confort...

– Nicholas Culpeper, *Complete Herbal*, 1653

Originaire du sud de l'Europe et de l'est de la Méditerranée, la sarriette est une herbe de la même famille que la menthe (Lamiacées). Le nom de genre, *Satureja*, viendrait du latin *satyr*, de l'épice moyen-orientale *za'atar* ou de l'hébreu *sathra* – à ce jour, les botanistes discutent encore de l'origine du nom. La seule chose dont nous soyons sûrs est que la sarriette est toujours très appréciée à travers le monde entier. Les Allemands l'appellent *Bohnenkraut* (« herbe aux haricots »), car elle relève la saveur des haricots et en facilite la digestion.

La sarriette des jardins et la sarriette des montagnes s'utilisent pratiquement de la même manière en cuisine. En revanche, elles auraient des effets opposés sur la libido. La sarriette des montagnes la diminuerait, alors que la sarriette des jardins l'augmenterait. Selon la mythologie grecque, les satyres vivaient dans des prés de sarriette, laissant entendre que c'est cette herbe qui décuplait leur ardeur.

La sarriette a une saveur plaisante, semblable à celle de l'origan et du thym, et elle s'accorde bien avec de nombreuses herbes. C'est peut-être pour cette raison qu'elle est cultivée dans les potagers depuis des millénaires pour un usage médicinal et culinaire.

VARIÉTÉS POPULAIRES

La sarriette des jardins (*Satureja hortensis*) est une plante annuelle aux feuilles vertes étroites et au port dressé. La sarriette des montagnes (*S. montana*) est une vivace buissonnante aux petites feuilles vert foncé, brillantes. *Satureja biflora* est une espèce vivace originaire d'Afrique du Sud ; elle est buissonnante, comme la sarriette des montagnes, mais ses feuilles ont une saveur et une odeur citronnées.

VIVRE AVEC LA SARRIETTE

Autres noms : sarriette d'été (*S. hortensis*), sarriette d'hiver (*S. montana*)

Langage des fleurs : intérêt, pouvoirs mentaux ; « La vérité est parfois amère. »

Description : la sarriette des jardins et la sarriette des montagnes ont beaucoup de propriétés identiques. La première est l'espèce la plus utilisée en cuisine. La seconde a une saveur plus piquante et pousse mieux à l'intérieur. Cultivée dans la maison, elle prend un port étalé et atteint en moyenne 20 à 30 cm de hauteur.

Culture : offrez à la plante une lumière vive, avec du soleil direct, et un substrat meuble, bien drainant. Les sarriettes tolèrent assez bien les sols secs. N'arrosez que lorsque c'est nécessaire et ne laissez jamais la base du pot stagner dans l'eau. Pour favoriser la croissance, taillez la plante régulièrement.

Multiplication : division de touffe, bouturage ou semis

Parties utilisées : feuilles

Récolte et conservation : faites sécher les feuilles, congelez-les ou conservez-les dans du vinaigre ou de l'huile d'olive. Utilisez-les pour faire des tisanes ou aromatiser beurres et plats de légumes.

Ravageurs : pucerons, araignées rouges

Stévia

Stevia rebaudiana

Celui qui ne veut pas gâter ce qu'il sert, aime un peu ce qu'il a de friand, car s'il joint à cela de l'intelligence, il fera tout bien. Lorsqu'une fois on a ce goût délicat, on ne peut plus se tromper : par exemple, faites bouillir doucement votre bonne chère. Il n'y a pas de sel ? Mettez-en. Il manque quelque chose ? Goûtez encore, de manière que tout soit dans un aussi juste rapport que les cordes d'une lyre que vous tendriez au point d'en rendre les sons agréables... Faites entrer, dans cet accord parfait, des Myconiennes, et elles pourrònt effacer les charmes de Laïs.

– Athénée, *Les Deipnosophistes, ou le Banquet des sophistes*

La stévia est un arbuste gélif originaire du Paraguay et membre de la famille des Astéracées. Les peuples indigènes d'Amérique centrale et du Sud l'utilisent depuis plus de 1 500 ans comme édulcorant, aide à la digestion et cicatrisant topique. Le Japon a entrepris les premières cultures commerciales de stévia dans les années 1970 et, à ce jour, il reste le plus grand producteur et consommateur de stévia, qu'il utilise pour sucrer cornichons, fruits de mer séchés, sauce soja et pâte de haricots rouges. En Amérique du Nord, la stévia est utilisée comme édulcorant naturel. La saveur sucrée est plus ou moins prononcée selon les plantes. Les jardiniers bio s'intéressent aussi à la stévia, réputée éloigner les insectes.

CONSEILS

La stévia est une plante à durée de vie courte et plutôt délicate à cultiver. Plantez-la seule. Elle exige plus de soleil et d'eau que les autres herbes. En hiver, elle entre en dormance et perd ses feuilles.

VIVRE AVEC LA STÉVIA

Autres noms : chanvre d'eau, herbe à sucre

Langage des fleurs : bienveillance divine

Description : la stévia est un arbuste non rustique avec un port dressé et des feuilles vertes relativement larges. La plante atteint à terme 60 cm de hauteur environ. Les petites fleurs tubulaires blanches sont groupées en capitules terminaux.

Culture : offrez à la plante une lumière vive avec du soleil direct – une fenêtre au sud est idéale. Au besoin, ajoutez un éclairage artificiel. Utilisez un terreau bien drainant. Arrosez généreusement en été, ne laissez jamais la terre sécher complètement et réduisez les arrosages en hiver. Taillez régulièrement la plante pour favoriser la ramification et obtenir un port plus buissonnant. Remplacez la plante tous les printemps si nécessaire.

Multiplication : semis ou bouturage de racines

Parties utilisées : feuilles

Récolte et conservation : coupez les feuilles selon vos besoins quand la plante est en pleine croissance, avant sa floraison. Les feuilles fraîches s'utilisent en infusion pour sucrer tisanes ou autres boissons, et dans certaines recettes de pâtisserie. Quand les boutons floraux apparaissent, vous pouvez couper la plante à la base et la suspendre pour la faire sécher.

Ravageurs : pucerons

Thym

Thymus vulgaris

Thym panaché

> *Je sais un banc où s'épanouit le thym sauvage, où poussent l'oreille d'ours et la violette branlante. Il est couvert par un dais de chèvrefeuilles vivaces, de suaves roses musquées et d'églantiers.* – **William Shakespeare, *Le Songe d'une nuit d'été*, 1594-1595**

Ornemental et parfumé, le thym est peut-être la plus utilisée de toutes les plantes aromatiques. Il est l'une des plus anciennes herbes culinaires répertoriées et entre dans la composition de plats de nombreux pays. Depuis des siècles, cette plante a aussi été largement employée pour ses vertus médicinales.

Le nom de genre du thym est dérivé de plusieurs mots grecs : *thymon*, qui signifie « fumiger », et *thymus*, « courage », une qualité que ses propriétés étaient censées inspirer. Il était également un symbole d'élégance et de grâce. « Sentir le thym » était un compliment dans la Grèce antique.

Le thym était aussi un emblème d'énergie et de dynamisme et, au Moyen Âge, les dames avaient coutume de broder une abeille volant au-dessus d'un brin de thym sur les écharpes qu'elles offraient à leurs chevaliers pour leur assurer le succès au combat.

Selon la tradition, le thym faisait partie des « herbes » de la Vierge Marie et de l'Enfant Jésus. Le thym, la sauge, la lavande, le romarin et le genévrier sont des herbes traditionnelles associées à la période des fêtes de Noël.

Le thym appartient à un genre qui compte environ trois cents espèces réparties dans toute l'Eurasie. On distingue deux groupes principaux : les thyms arbustifs à port dressé, comme le thym commun, *Thymus vulgaris*, et les thyms rampants, comme le serpolet, *T. serpyllum*. Selon l'anglais Rex Talbert, expert en thyms, les variétés culinaires les plus intéressantes sont le thym commun, le thym citron, le thym de Corse et le thym origan, tous très bien adaptés à la culture en intérieur.

VARIÉTÉS POPULAIRES

Thym commun
T. vulgaris
Ce petit arbuste au port dressé produit des tiges ramifiées à partir d'une base ligneuse. Il existe de nombreuses variétés différant par la silhouette, la taille des feuilles, les couleurs et les parfums. Le thym a des feuilles persistantes gris-vert et un goût très prononcé. Il entre dans la composition du bouquet garni et aromatise à merveille les plats à base de tomates, les pizzas, la focaccia et les légumes frais.

Thym argenté
***T. v.* 'Argenteus'**
Ce thym spectaculaire a de jolies feuilles gris-vert bordées de blanc. L'extrémité des feuilles prend une teinte rose lorsque la plante est placée dans une pièce aux températures plutôt fraîches. Cette variété atteint de 15 à 30 cm de hauteur et de 23 à 30 cm de largeur. C'est une excellente herbe culinaire – les feuilles ont une saveur prononcée et un parfum agréable. Très décoratif lorsqu'il est cultivé en pot, le thym argenté constitue une excellente plante temporaire pour créer un décor végétal lors d'une occasion spéciale.

Thym citron

Thym citron
T. × citriodora
Ce sous-arbrisseau au port étalé atteint 20 à 25 cm de hauteur en intérieur. Ses feuilles vert foncé dégagent un doux parfum citronné. Ses tiges souples retombantes en font une plante de choix pour orner un panier suspendu près de la fenêtre d'une cuisine, ce qui permet de la garder à portée de main pour l'utiliser au quotidien. Le thym citron se marie bien avec le poisson, la volaille et les desserts. On en fait aussi du sirop, du vinaigre aromatisé et de délicieuses infusions.

Thym commun

■ IDÉE POUR L'UTILISER

Le thym ne s'utilise pas seulement pour la préparation des plats cuits. Il est également très bon dans les infusions chaudes ou froides. Si sa saveur épicée relève à merveille les mélanges pour tisanes, il est aussi très savoureux utilisé seul. L'infusion de thym est préconisée en cas de toux et de congestion.

■ VIVRE AVEC LE THYM

Autres noms : thym commun, thym cultivé, farigoule

Langage des fleurs : courage, bonheur, sobriété

Description : il existe de nombreuses variétés de thyms, chacune avec un port différent. Qu'il soit dressé ou prostré, le thym possède de toutes petites feuilles dont la teinte varie du vert foncé brillant au vert argenté ou panaché. Les tiges sont minces et rigides. Des petites fleurs étoilées dans des tons de rose et blanc apparaissent en été. Cultivé en intérieur, le thym atteint des hauteurs variables, le plus souvent entre 15 et 25 cm.

Culture : le thym doit être placé devant une fenêtre exposée au sud, car il lui faut au moins 5 à 6 heures de soleil direct par jour. Un éclairage artificiel est parfois nécessaire. Utilisez un terreau meuble, bien drainant. Le thym tolère bien les sols secs. N'arrosez que lorsque c'est nécessaire et ne laissez jamais la plante stagner dans l'eau. Un arrosage inapproprié favorise l'apparition de maladies telles que la pourriture grise et la pourriture des racines.

Multiplication : semis, division ou bouturage

Parties utilisées : feuilles et fleurs

Récolte et conservation : coupez les feuilles selon vos besoins quand la plante est en pleine croissance. Le thym est facile à faire sécher en suspendant les tiges ou en les plaçant sur des plateaux de séchage. Utilisez le feuillage frais ou séché comme aromate, remède médicinal ou élément décoratif.

Ravageurs : mouches du terreau

3. Des herbes pour parfumer

Les parfums et autres odeurs sont plus doux à une certaine distance que près du nez... Nous observons la même chose pour les sons, plus agréables à l'oreille quand nous ne distinguons pas chaque élément.
– **Francis Bacon**

L'odorat est l'un des cadeaux les plus précieux de Mère Nature et le parfum l'un de ses plus grands plaisirs. Chacun de nous a expérimenté le bien-être et les vertus curatives des parfums. Dans *The Fragrant Garden,* Louise Beebe Wilder décrit le pouvoir évocateur du parfum : « Il naît de sensations très personnelles, mais son attrait est quasi universel. Le parfum touche nombre de personnes peu sensibles aux couleurs ou aux formes et tout comme la musique il peut envahir l'esprit d'émotions de toutes sortes. »

Les senteurs des plantes ont parfois des vertus médicinales en plus de leurs parfums agréables. Le pouvoir de l'aromathérapie tient dans sa capacité à initier des changements de l'équilibre physique et mental. Si vous avez déjà ressenti le pouvoir énergisant du parfum du pin ou si un parfum particulier vous rappelle une personne aimée, alors vous avez fait l'expérience de l'influence du parfum sur votre état psychologique. La recherche s'est intéressée à ce lien, confirmant que les odeurs affectent performances mentales, mémoire et humeur.

DES AROMATIQUES EN INTÉRIEUR POUR SE DÉTENDRE

Si enfant vous n'avez pas d'imagination, vous n'en aurez probablement jamais. – **Dr Seuss**

Pratiqué en intérieur ou en extérieur, le jardinage s'adresse à différents publics de jardiniers. S'il vous faut plus qu'une jolie plante aromatique pour déclencher votre élan jardinier, peut-être que certaines des plantes décrites ci-dessous sauront vous séduire.

Nombre de nos plantes d'intérieur actuelles sont originaires d'Afrique du Sud. La diversité des conditions climatiques de ce pays rend les plantes qui en sont issues robustes et adaptables et en fait d'excellentes candidates pour la culture en intérieur. C'est le cas de la sansevière, la plante zèbre ou l'aloe vera, des espèces qui ont traversé les continents et les océans pour agrémenter nos intérieurs. Les plantes présentées ici sont également originaires d'Afrique du Sud. Elles ne se contentent pas d'être de belles plantes d'intérieur, mais offrent aussi de délicieux sujets de conversation !

Oignon de mer
Ornithogalum caudatum

Cette plante de la famille des Liliacées est originaire d'Afrique du Sud et d'Afrique de l'Est tropicale. Cette charmante espèce un peu fantasque est l'une des plantes d'intérieur les plus faciles à cultiver. C'est une plante un peu désuète qui était populaire en intérieur dans les années 1940 et 1950 aux États-Unis. Elle est réputée avoir des vertus médicinales proches de celles de l'aloe vera.

Il ne s'agit bien sûr pas d'un oignon à proprement parler, mais d'une plante remarquable par son énorme bulbe aérien, situé juste au-dessus de la surface du sol. Ce bulbe est dormant durant les mois chauds et secs dans son habitat naturel.

D'un vert pâle opalescent, le bulbe émerge donc au moins des trois quarts du terreau lorsqu'il est cultivé en pot. À son extrémité se développent de longues feuilles rubanées, d'environ 2,5 cm de largeur, retombantes. Si vous les coupez court, elles s'enroulent, mais vous pouvez aussi les laisser retomber naturellement. La floraison en long épi de petites fleurs blanches étoilées et odorantes est spectaculaire.

Le bulbe est composé de nombreuses enveloppes engainantes entre lesquelles se forment des bulbilles. À première vue, elles ressemblent à des renflements à la base du bulbe, puis elles mûrissent et se détachent. Rempotez-les séparément et offrez-les à vos amis. Cette plante est très robuste et ne craint que les excès d'arrosage.

Spilanthes filicaulis

Le genre *Spilanthes* est originaire d'Afrique tropicale et d'Amérique du Sud et appartient à la famille des Asteracées. Ces plantes sont cultivées depuis des milliers d'années pour leurs usages médicinaux, insecticides, culinaires et horticoles. Cette espèce est une petite plante à port rampant, très ornementale en intérieur dans une suspension ou un pot en hauteur.

Les feuilles comme les petites fleurs jaunes laissent sur la langue une sensation de picotement citronné, du fait de la présence d'une substance légèrement analgésique, présente également dans les autres espèces de *Spilanthes*. Selon l'expert canadien en plantes aromatiques, Conrad Richter, de grands chefs cuisiniers testent l'intérêt d'une touche de *Spilanthes* dans les salades pour un picotement presque « électrique ». Ajoutez quelques feuilles ou fleurs hachées dans une salade composée pour expérimenter cette sensation !

En Afrique de l'Ouest, la plante a la réputation d'accroître son pouvoir de persuasion. Mâcher des fleurs ou des feuilles fraîches rendrait l'élocution facile et harmonieuse. Il est connu que les hommes politiques locaux l'utilisent avant les grands meetings électoraux.
Une plante de choix pour votre bureau, afin d'augmenter vos capacités à convaincre !

Offrez-lui une lumière vive, même le soleil direct, et gardez le terreau légèrement humide.

Cardamome

Elettaria cardamomum

Les herbes réconfortent le cerveau fatigué avec des parfums et des arômes qui apportent une forme de nourriture.
– **William Coles, *The Art of Simpling*, 1656**

Native du sud de l'Inde, la cardamome appartient à la famille du gingembre. Son nom botanique vient du sanscrit *ela* qui fait référence aux graines vertes piquantes, très aromatiques. Son usage très bien documenté en médecine ayurvédique remonte au IVe siècle avant J.-C. Les Indiens qualifient ses graines de « reine des épices », la troisième épice la plus coûteuse après le safran et la vanille.

Dans son habitat naturel, c'est une plante vivace qui peut atteindre 3 m de hauteur, mais en intérieur, selon la température et l'humidité de l'air, elle dépasse rarement 75 cm. C'est une plante majestueuse, aux grandes feuilles lancéolées vert foncé, à revers plus clair et à poils soyeux. La cardamome fleurit rarement en intérieur, mais elle n'en est pas moins très ornementale. Quoi de plus agréable qu'une plante d'intérieur qui dégage un parfum aromatique frais lorsqu'on effleure son feuillage ?

L'huile essentielle extraite des graines aromatise certaines liqueurs et entre dans la composition de certains parfums. Au Moyen-Orient, la cardamome parfume confiseries et café, en Scandinavie compotes, boulettes de viande, pains et pâtisseries. En Inde, elle est un ingrédient incontournable des mélanges d'épices à mâcher, un rituel après les repas, pour favoriser la digestion et alléger l'haleine. Historiquement, les graines étaient des ingrédients des philtres d'amour. Elles étaient aussi mâchées pour rafraîchir l'haleine et attirer les amoureux.

IDÉE POUR L'UTILISER

Glissez quelques feuilles odorantes de cardamome dans votre taie d'oreiller. Vous vous réveillerez le matin bien reposé.

VIVRE AVEC LA CARDAMOME

Autres noms : cardamome verte, cardamome de Malabar

Langage des fleurs : pensées paisibles

Description : vigoureuse plante vivace non rustique, à feuillage décoratif et léger parfum évoquant cannelle et cardamome. Hauteur moyenne 60 cm, largeur moyenne 60 cm.

Culture : la cardamome apprécie un terreau riche et maintenu humide, une lumière vive mais sans soleil direct. Rabattez et rempotez cette plante rhizomateuse chaque année au printemps.

Multiplication : par division des rhizomes. Germination des graines délicate et irrégulière.

Parties utilisées : feuilles fraîches

Récolte et conservation : achetez des graines ou de l'huile essentielle pour les usages domestiques. Utilisez les feuilles fraîches pour parfumer le poisson, des liquides chauds ou certaines pâtisseries.

Ravageurs : pucerons

Eucalyptus

Eucalyptus globulus

Plus que les sons et les images,
les odeurs nous touchent au cœur.
– **Rudyard Kipking, « Lichtenberg », strophe 1**

L'eucalyptus est originaire des forêts sèches tropicales d'Australie et ses feuilles constituent la nourriture favorite des koalas. Le nom du genre, *eucalyptus*, vient des mots de grec ancien *eu* qui signifie « bon » et *kalypto*, qui signifie « caché », en référence à la structure en capsule qui protège les boutons floraux.

L'eucalyptus, plante odorante à feuillage persistant, fait un bel élément de votre environnement intérieur, en particulier dans la chambre ou la salle de bain. Classé par la NASA parmi les dix meilleures plantes pour dépolluer l'air intérieur et filtrer des composants toxiques, il dégage un parfum frais. Le simple fait de respirer ses arômes suffirait à soulager la congestion et prévenir les refroidissements.

La production commerciale d'huile essentielle d'eucalyptus a commencé dans les années 1860 dans l'État de Victoria en Australie, sous l'impulsion de Joseph Bosisto, émigrant anglais. Les aborigènes utilisaient depuis longtemps l'écorce et les feuilles dans divers remèdes médicinaux.

VARIÉTÉS POPULAIRES

Eucalyptus globulus

Appelée aussi gommier bleu ou eucalyptus commun, cette espèce est bien connue pour ses propriétés antiseptiques, germicides et expectorantes. Ses grandes feuilles ovales et ses tiges ont des reflets argentés et sont très odorantes. Une plante d'intérieur aussi ornementale que précieuse.

Eucalyptus citronné
E. citriodora

Les longues feuilles vertes, étroites, sont d'abord pubescentes, puis glabres. C'est une espèce à croissance rapide. Son parfum citronné marqué est efficace pour éloigner les moustiques.

Eucalyptus citronné

IDÉE POUR L'UTILISER

Faites frémir une poignée de feuilles fraîches dans 1 l d'eau pendant 20 à 30 minutes. Vous obtiendrez un désinfectant naturel qui apportera une note fraîche dans l'air intérieur durant les mois d'hiver.

VIVRE AVEC L'EUCALYPTUS

Autre nom : gommier

Langage des fleurs : éveil, purification

Description : grand arbre à croissance rapide, à feuilles persistantes vert foncé, aromatiques, légèrement pendantes.

Culture : assurez une lumière vive, du soleil direct et gardez le terreau humide en période de croissance estivale. En hiver, arrosez lorsque le terreau est sec en surface. Malgré ses dimensions, l'eucalyptus s'adapte bien à la culture en intérieur s'il est régulièrement taillé pour maîtriser sa croissance. Faites des apports d'engrais et rempotez dès que les racines sont à l'étroit.

Multiplication : difficile à multiplier ; achetez plutôt de jeunes plants.

Parties utilisées : feuilles et rameaux portant les feuilles

Récolte et conservation : coupez et suspendez les rameaux tête en bas, puis détachez les feuilles lorsqu'elles sont sèches. À utiliser notamment dans les pots-pourris et les bouquets secs.

Ravageurs : sensible aux mouches du terreau, mais globalement peu attaqué par des ravageurs.

Eucalyptus globulus

Lavande

Lavandula spp.

Lavande papillon

> *... allons dans cette maison ; le linge y est blanc et sent la lavande, et j'adore me coucher dans une paire de draps ainsi parfumés.*
> – **Izaak Walton, *The Compleat Angler*, 1653**

Le parfum caractéristique de la lavande est bien connu. Cette herbe est appréciée, cultivée et utilisée depuis la nuit des temps. Native du bassin méditerranéen, du Moyen-Orient et d'Inde, c'est un sous-arbrisseau vivace à feuillage persistant vert argenté étroit, de la famille de la menthe. Il en existe de nombreuses espèces et variétés dans toute une palette de teintes et de dimensions, certaines se prêtant bien à la culture en intérieur.

Du fait de la très longue histoire de la lavande, les plantes cultivées aujourd'hui sont le plus souvent des hybrides et cultivars (variétés horticoles).

La culture de la lavande en intérieur demande une attention particulière. Il lui faut le plus possible de lumière, d'air et d'espace. Le nom de genre *Lavandula* vient du latin *lavare*, « laver », et depuis les temps anciens, la lavande parfume savons et lotions pour le bain. Elle est synonyme de quiétude, pureté et maison bien tenue. C'est l'une des plantes les plus polyvalentes parmi les aromatiques. Les fleurs et feuilles aux vertus apaisantes, antalgiques et cicatrisantes ont un grand nombre d'usages domestiques. En aromathérapie, l'huile essentielle entre dans des mélanges sédatifs et relaxants.

La lavande est également réputée pour son aptitude à éloigner les insectes et son parfum, très durable. Les anciens herboristes étaient persuadés qu'elle guérissait tout, des crampes aux élans du cœur ! En Toscane, la légende veut que la lavande protège les petits enfants du mauvais œil, tandis qu'en Kabylie, elle protégerait les femmes des mauvais traitements de leurs maris !

Pour réussir la culture en intérieur, il importe de choisir une variété qui tolère les conditions d'environnement dans la maison. Les formes suivantes sont les plus populaires pour la culture en intérieur, en topiaire ou forme libre.

■ VARIÉTÉS POPULAIRES

Lavande papillon

Lavandula stoechas

Appelée aussi lavande à toupet, elle a une floraison très reconnaissable. Ses épis de fleurs évoquent de petits ananas et sont couronnés de grandes bractées violettes décoratives, comme des ailes de papillon. Le botaniste grec Dioscoride a décrit cette espèce au Ier siècle après J.-C., observée sur les îles d'Hyères, petit archipel méditerranéen proche des côtes du sud de la France. C'est la lavande qui était utilisée au Moyen Âge par les Romains, pour la toilette et pour ses vertus médicinales. C'est une lavande dressée qui atteint près de 50 cm de hauteur en intérieur, à fines feuilles gris-vert rappelant le romarin. L'espèce a donné d'excellents cultivars, bien adaptés à la culture en intérieur. Son parfum plaisant de camphre et de romarin est idéal dans les pots-pourris et les sachets odorants. Son feuillage peut parfois remplacer le romarin pour parfumer des grillades de viande.

Lavande papillon en topiaire

***Lavandula × intermedia* 'Grosso'**

La variété de lavandin 'Grosso' est issue d'un croisement entre lavande aspic et lavande officinale, découvert dans le Vaucluse en 1972. Elle est très prisée car son parfum intense est précieux pour les savons, parfums d'ambiance, bougies et usages culinaires. Elle offre aussi l'une des plus belles teintes de feuillage parmi les lavandes, un gris-vert soutenu avec une nuance bleutée. À la différence des autres lavandes, la plante est plus haute que large et conserve un port compact.

'Goodwin Creek Gray'

Les tiges florales sont joliment arquées, avec des épis violet foncé qui contrastent à merveille avec le feuillage compact. Cette variété de lavande se prête bien à la formation en topiaire, entre dans la composition de bouquets frais ou secs et de cosmétiques maison pour le bain.

Lavandula* × *ginginsii
'Goodwin Creek Gray'
Cet hybride remarquable a été obtenu en 1999 par un spécialiste américain des lavandes, Jim Becker, aux Goodwin Creek Gardens. Cette plante de belle taille se distingue surtout par ses ravissantes feuilles dentelées vert argenté, qui accentuent le caractère décoratif du feuillage. Les longs épis de fleurs pourpres sont délicatement parfumés, mais peut-être moins que ceux d'autres lavandes. 'Goodwin Creek Gray' est souvent cultivée pour son feuillage décoratif, qui fait beaucoup d'effet à un emplacement bien choisi. Elle est facile à former sur tige et atteint 30 à 60 cm de hauteur et de largeur.

Autres variétés
La lavande vraie (*Lavandula angustifolia*) est une merveilleuse plante aromatique aux usages multiples. La lavande aspic (*L. latifolia*) se distingue par un parfum camphré piquant et se cultive surtout pour son usage dans les produits de nettoyage et les insectifuges. Quant au lavandin (*L.* × *intermedia*), c'est un hybride

PRODUIT DE RINÇAGE À LA LAVANDE ET AU ROMARIN

L'acidité du vinaigre en fait un précieux produit d'entretien pour la maison. Ce produit de rinçage débarrassera votre linge de tout résidu de lessive tout en le parfumant.

Environ 40 cl (poids variable, environ 50 g) de tiges, feuilles et fleurs de lavande

Environ 40 cl (environ 50 g) de tiges et feuilles de romarin

2 l de vinaigre blanc distillé

1. Dans un grand récipient en verre (3-4 l), mélangez vinaigre et herbes. Fermez le récipient avec un couvercle non métallique (pour éviter la corrosion) ou du film plastique alimentaire. Laissez reposer 2 semaines sur un appui de fenêtre chaud et ensoleillé.

2. Filtrez pour éliminer les herbes et versez le vinaigre parfumé dans un bocal en verre de 2 l.

3. Ajoutez 100 à 120 ml de ce vinaigre parfumé lors du dernier cycle de rinçage ou bien versez-le dans le compartiment d'adoucissant de votre lave-linge.

Quantité obtenue : 2 l

entre lavande vraie et lavande aspic, dont l'huile essentielle est moins coûteuse que celle de la lavande vraie et souvent utilisée à la place de celle-ci dans les produits d'entretien.

VIVRE AVEC LA LAVANDE

Autre nom : lavandin

Langage des fleurs : constance, dévotion, défiance, chance, pureté

Description : les lavandes sont de charmants sous-arbrisseaux odorants à port globuleux. Selon les variétés, les fleurs sont rose pâle à bleu-violet foncé ou blanches, le feuillage vert bleuté à gris argenté. Hauteur moyenne en intérieur : 30 à 75 cm ; durée de vie en intérieur : 2 ou 3 ans.

Culture : plantez la lavande dans un terreau léger, drainant, de pH neutre, avec un léger surfaçage de sable. Un appui de fenêtre orienté plein sud est indispensable, pour 5 à 6 heures de soleil direct par jour. Il est parfois nécessaire de compléter avec une lampe de culture, même en conditions très lumineuses. Versez l'eau d'arrosage en surface du pot, sans mouiller le feuillage, sensible aux maladies cryptogamiques. Laissez le terreau sécher entre les arrosages. Taillez après la floraison même si vous n'utilisez pas les fleurs.

Multiplication : par bouturage

Parties utilisées : feuilles et fleurs

SACHETS LAVANDE-AVOINE POUR LA DOUCHE

Utilisez ces sachets délicieusement odorants comme exfoliant sous la douche. Prévoyez de petits sachets de mousseline fermant avec un cordon pour cette réalisation.

- ¼ l de poudre d'avoine colloïdale
- 60 ml de fleurs de lavande
- 60 ml de fleurs de souci
- 2 cuill. à soupe de sel de l'Himalaya

Mélangez les ingrédients dans un petit saladier, puis répartissez le contenu dans de petits sachets en mousseline que vous fermerez bien.

Quantité obtenue : 250-400 g

Récolte et conservation : pour profiter pleinement de leurs propriétés aromatiques, récoltez les épis floraux en tout début d'épanouissement. Lorsque vous récoltez les tiges fleuries, coupez juste au-dessus des feuilles. Suspendez les bouquets tête en bas ou étalez les tiges sur des plateaux ajourés pendant quelques jours, le temps de séchage. Utilisez les fleurs séchées dans les pots-pourris, l'aromathérapie, les bouquets secs. La lavande sert également à parfumer le vinaigre, le sucre et d'autres plats si vous avez le goût de l'aventure !

Ravageurs : mouches du terreau

Arbre à thé

Melaleuca alternifolia

Quel intérêt à connaître l'histoire d'une plante ? Aucun, pensent certains. J'ai tendance à croire que sans la déférence et la connaissance directe acquise pendant des milliers d'années par les cultivateurs locaux, qui ont sélectionné des sujets pour leurs arômes, leurs vertus médicinales ou décoratives, ces fleurs, plantes vivrières ou médicinales ne seraient pas chez nous aujourd'hui.
– **Justina Edwards, *The Planthunter***

L'arbre à thé, *Melaleuca alternifolia*, est originaire d'Australie, du nord de l'État de Nouvelle-Galles du Sud. Les aborigènes *bundjalung* locaux qualifient de « terre de guérison » les lieux où pousse cet arbre, souvent sur les rives des lacs. Les feuilles et rameaux morts teintent l'eau de bronze soutenu et lui communiquent ses propriétés médicinales caractéristiques. La nature « protectrice » de cet arbre était tellement vénérée que ces lacs étaient réservés aux femmes et considérés comme sacrés pour les accouchements.

Les feuilles aromatiques donnent une huile essentielle à l'odeur fraîche et légèrement terreuse, réputée pour ses vertus antiseptiques. Elle est utilisée depuis des milliers d'années dans la médecine traditionnelle australienne.

L'arbre à thé fait une plante d'intérieur odorante et élégante, avec beaucoup de caractère. Il peut être formé sur tige ou même en bonsaï. Cette espèce est la plus courante.

■ **CONSEILS**

Vous trouverez de nombreux produits à base d'huile essentielle d'arbre à thé, comme savon, dentifrice, shampoing, baume pour les lèvres ou crème pour la peau. Cette huile essentielle est l'une des plus populaires en aromathérapie.

■ **VIVRE AVEC L'ARBRE À THÉ**

Autres noms : *tea tree*, mélaleuque

Langage des fleurs : purification

Description : petit arbre décoratif à petites feuilles persistantes en aiguilles souples et écorce fine. Sa hauteur en intérieur est limitée, du fait de la taille du pot et d'une taille régulière.

Culture : la lumière vive est indispensable, avec du soleil direct. Veillez à un bon drainage du pot, mais ne laissez jamais le terreau sécher entièrement. Réduisez les arrosages en hiver. Pour augmenter l'humidité de l'air, posez le pot sur un lit de gravillons trempant dans un peu d'eau. Faites des apports d'engrais une fois par mois.

Multiplication : achetez de jeunes sujets en pépinière ou tentez le semis.

Parties utilisées : feuilles, fraîches ou séchées

Récolte et conservation : les feuilles sèchent facilement, étalées sur des clayettes dans un endroit bien ventilé, sans soleil direct. Vous pouvez les conserver jusqu'à un an dans un récipient étanche. Fraîches ou séchées, les feuilles infusées dans l'eau ou l'huile servent pour l'entretien de la maison comme pour leurs vertus médicinales.

Ravageurs : cochenilles farineuses

Cataire

Nepeta cataria

Si vous la plantez, les chats
la mangeront ; si vous la semez,
les chats ne le sauront pas.
– **Proverbe ancien**

Indigène en Europe et en Asie, largement naturalisé en Amérique du Nord, le genre *Nepeta* doit son nom, selon les sources, à la ville de Nepi en Italie, ou au mot *nepa* qui désigne un scorpion dont ces plantes guériraient la morsure. Au fil des siècles, nombre de vertus médicinales étonnantes ont été attribuées à la cataire, comme soulager vertiges, spasmes et fièvre. Ses sommités fleuries étaient réputées pour apaiser les cauchemars. Quantité de préparations à base de *Nepeta cataria* ont vu le jour, avec des spécificités selon les parties de la plante et la façon de les préparer. L'huile essentielle extraite des feuilles était recommandée pour activer la circulation sanguine, et la racine mâchée avait la réputation de rendre la personne violente et belliqueuse !

En Angleterre, l'infusion de feuilles fut un breuvage de choix jusqu'à ce qu'elle soit supplantée par le thé venu de Chine.

IDÉE POUR L'UTILISER

La cataire est bien connue pour son pouvoir d'attraction sur les chats, lié à son odeur piquante et âcre. Les bienfaits de cette herbe ne sont pas réservés aux félins. Associée à un peu de menthe et de thym citron, elle fait une tisane apaisante pour soulager rhume et toux.

VIVRE AVEC LA CATAIRE

Autres noms : chataire, herbe aux chats

Langage des fleurs : « ivresse d'amour »

Description : vivace de taille moyenne, à port buissonnant dressé, à feuilles aromatiques, gris-vert, à bord crénelé. Bouquets de fleurs blanches ponctuées de lavande à l'extrémité des tiges ou à l'aisselle des feuilles. La plante atteint 30 à 60 cm de hauteur en intérieur.

Culture : lumière vive, avec un peu de soleil direct. Assurez un bon drainage du pot, mais ne laissez jamais le terreau sécher en profondeur. Réduisez les arrosages en hiver. Supprimez les fleurs pour favoriser le feuillage et éviter que la touffe ne s'étale. La variété 'Citriodora' se distingue par un parfum citronné frais.

Multiplication : division, boutures de tige ou semis

Parties utilisées : feuilles

Récolte et conservation : récoltez à tout moment en petite quantité. Vous pouvez aussi couper la plante à la base et suspendre les tiges tête en bas dans un lieu bien ventilé pour les faire sécher. Quand les feuilles sont sèches, effeuillez les tiges et conservez les feuilles dans un bocal en verre pour en faire des tisanes apaisantes.

Ravageurs : pucerons, araignées rouges et mouches blanches

Plectranthus

Plectranthus spp.

'Cerveza 'n Lime'

Ce vaste genre botanique de la famille des menthes (Lamiacées) est natif d'Afrique du Sud et compte environ 350 espèces, annuelles, vivaces persistantes et arbustes semi-succulents. Un certain nombre sont utilisées pour l'alimentation, le jardin d'ornement ou leurs vertus médicinales. Le nom de genre vient des mots grecs *plectron,* éperon, et *anthos,* fleur, par référence aux fleurs éperonnées de certaines espèces. Quelques-unes font d'excellentes plantes d'intérieur.

Plectranthus coleoides 'Cerveza 'n Lime' est un hybride aux feuilles pelucheuses, crénelées, au frais parfum citronné. Cultivée en intérieur, la plante atteint 35 à 45 cm de hauteur, 20 à 30 cm de largeur. C'est une plante d'intérieur facile à vivre, à feuillage décoratif.

Plectranthus 'Mount Carbine' est une introduction venue de la région du mont Carbine dans le Queensland, en Australie, aux somptueuses feuilles veloutées au parfum citronné marqué. Vous ne pourrez vous empêcher de les caresser et les sentir. Utilisez-les dans les sirops d'herbes, thés glacés, salades de fruits et boissons épicées. C'est une plante de culture facile, très vigoureuse, à port dressé et qui atteint 50 à 60 cm en intérieur.

IDÉE POUR L'UTILISER

Vous avez eu une journée difficile ? Frottez légèrement le feuillage velouté du plectranthus pour savourer une symphonie de notes épicées et citronnées réconfortantes !

VIVRE AVEC LE PLECTRANTHUS

Autre nom : plectranthe

Langage des fleurs : créativité

Description : les espèces sont très variées, annuelles, vivaces, arbustes, à feuillage persistant ou non. Toutes ont un beau feuillage velouté aromatique, à bord denté ou crénelé et des tiges succulentes. Hauteur et largeur variables selon les espèces.

Culture : terreau bien drainé, lumière vive sans soleil direct. Arrosez régulièrement, en évitant toute humidité stagnante, mais aussi toute sécheresse prononcée. Pincez régulièrement les jeunes tiges pour stimuler un port buissonnant.

Multiplication : boutures de tige

Parties utilisées : feuilles, fraîches ou séchées

'Mount Carbine'

Récolte et conservation : sans usages culinaires, 'Cerveza 'n Lime' est appréciée pour son parfum citronné. Les feuilles fraîches de 'Mount Carbine' agrémentent joliment les salades de fruits et donnent un sirop aromatique à la saveur citronnée.

Ravageurs : rares

Patchouli

Pogostemon cablin

L'huile essentielle de patchouli allie propriétés physiques et affectives. L'histoire de son utilisation sur les différents continents est fascinante.
– **Jeanne Rose, "Patchouli Essential Oil & Hydrosol"**

Membre tropical de la famille des Lamiacées, le patchouli est originaire d'Indonésie, de Malaisie et d'Inde, cultivé depuis des siècles comme plante à parfum, aphrodisiaque et insectifuge. Son port buissonnant, son feuillage décoratif et aromatique apportent une touche de charme dans un jardin d'herbes comme dans la maison. C'est une vivace non rustique à tiges quadrangulaires, à feuilles dentées ovales vert foncé et petits épis de fleurs blanc violacé. Les feuilles sèches sont encore plus odorantes. Le nom de « patchouli » vient d'un mot tamoul ancien, *paccilai*, qui signifie « feuille verte ».

Si le genre compte environ 70 espèces, le véritable patchouli est *Pogostemon cablin*. Aux XVIIe et XVIIIe siècles, des châles de grande qualité, tissés main, ont été expédiés des Antilles en Europe dans des caisses tapissées de feuillage de patchouli séché destiné à éloigner les insectes. Le parfum du patchouli s'intensifiant et s'adoucissant avec le temps, les étoles étaient délicieusement odorantes à l'arrivée ! Ce parfum devint synonyme d'opulence et de luxe, une attestation aromatique de l'authenticité de la provenance des étoles. Joséphine de Beauharnais, première épouse de Napoléon 1er, adorait le patchouli. Plus récemment, ce parfum est souvent associé à la période hippie des années 1960-1970.

Les aromathérapeutes actuels utilisent le patchouli pour soulager le stress. Il convient cependant de noter que de petites quantités peuvent avoir un effet stimulant et réconfortant, tandis que l'huile essentielle à dose plus importante tend à être sédative.

■ IDÉE POUR L'UTILISER

Un mélange de feuilles de patchouli séchées et d'écorces d'orange compose un pot-pourri simple mais délicieusement odorant. Le parfum du patchouli favoriserait la concentration et combattrait apathie et indécision.

■ VIVRE AVEC LE PATCHOULI

Langage des fleurs : passion

Description : vivace buissonnante non rustique, environ 45 cm de hauteur et 40 cm de largeur.

Culture : cette plante à croissance rapide demande de l'espace et de fréquents apports d'engrais. Elle se plaît dans une pièce chaude et humide, exposée à une lumière vive à moyenne. Très sensible au froid, elle préfère des températures supérieures à 15 °C, ce qui en fait une plante d'intérieur idéale. Maintenez le terreau légèrement humide en permanence, sans le laisser sécher en profondeur.

Multiplication : par bouturage

Parties utilisées : feuilles, fraîches ou séchées

Récolte et conservation : taillez régulièrement pour conserver un port compact. Les feuilles sont faciles à faire sécher, étalées sur des clayettes dans un lieu bien ventilé et sans soleil direct. Utilisez-les comme antimites ou dans des sachets d'herbes. Le patchouli stimule le bien-être : gardez-en un bouquet sur votre bureau !

Ravageurs : pucerons, cochenilles farineuses et mouches blanches

Joubarbe des toits

Sempervivum tectorum

Il y a peu encore, je ne comprenais pas pourquoi la joubarbe figurait entre la camomille et l'hysope dans les livres de mon enfant sur les herbes aromatiques de Norvège et de Suède. Une petite recherche m'a permis d'éclaircir ce point.

– **Jane L. Taylor, paysagiste de jardins d'enfants, « Houseleeks », *Michigan Herb Journal*, printemps 2004**

Les joubarbes – c'est toute une histoire. Nombre des herbes les plus humbles sont les caractères centraux de délicieuses légendes. Le *Sempervivum* est l'une des plantes grasses les plus courantes, de la famille des Crassulacées. *Sempervivum* signifie « qui vit éternellement », et *tectorum*, « des toits ». Les feuilles épaisses de la plante stockent l'eau et résistent à la sécheresse. Cette robustesse alliée à sa résistance au froid fait de la joubarbe une excellente plante pour les toitures végétalisées. Ainsi plantée, elle contribue à l'isolation thermique et phonique, réduit la pollution atmosphérique et limite le ruissellement des eaux.

D'après la légende, les joubarbes étaient un cadeau aux humains fait par Jupiter, leur accordant protection contre la foudre, l'orage, le feu et la sorcellerie. Les Romains en disposaient des pots dans les cours intérieures et Charlemagne en faisait planter sur les toits pour protéger les propriétés de l'Empire. Elles étaient aussi plantées pour maintenir les ardoises de toiture en place. La joubarbe est par ailleurs une ancienne plante médicinale, aux usages proches de ceux de l'aloe vera.

Les joubarbes sont faciles à cultiver en intérieur ou à tresser en couronnes vivantes.

ANECDOTE

En Sicile autrefois, les jeunes filles cueillaient les rosettes de joubarbe et donnaient à chacune le nom d'un amoureux potentiel. Celle qui s'ouvrait pleinement le matin suivant désignait le futur époux !

VIVRE AVEC LES JOUBARBES

Autre nom : barbe de Jupiter

Langage des fleurs : vivacité, efficacité

Description : les joubarbes forment des touffes de rosettes de feuilles à racines fibreuses. Les feuilles vertes charnues peuvent être brillantes ou mates. De petits stolons rougeâtres portent des rejets sur l'extérieur de la touffe.

Culture : assurez une lumière vive avec du soleil direct et utilisez un terreau pour cactées et plantes grasses. La joubarbe ne craint pas la sécheresse. Arrosez quand nécessaire, en évitant toute humidité stagnante. Les joubarbes forment des rejets qui s'enracinent, faciles à séparer de la plante-mère.

Multiplication : détachez les rejets ou prélevez des boutures de feuilles.

Parties utilisées : la culture des joubarbes en intérieur est uniquement décorative. Elles ne sont pas utilisées pour leur saveur ou leur parfum.

Ravageurs : bien soignées, les plantes grasses sont rarement attaquées par des parasites, mais les mouches du terreau ou la pourriture du collet peuvent se manifester si les conditions de culture ne conviennent pas.

4. Géraniums odorants

(*Pelargonium* spp.)

Un géranium raffiné, avec sa feuille en tout et pour tout.
– Leigh Hunt

Les géraniums (*Pelargonium*) odorants, réputés pour le parfum extraordinaire de leur feuillage, fascinent les jardiniers depuis des siècles. Natifs d'Afrique du Sud, ces vivaces non rustiques furent introduites en Europe par des botanistes anglais et néerlandais vers 1632, puis dans l'Amérique coloniale avant 1750. En 1870, ces géraniums étaient devenus si populaires que les catalogues en comptaient plus de 150 variétés différentes. Ces plantes imitent les senteurs de fleurs, feuillages, fruits et épices. Le parfum est concentré dans de petites gouttes d'huile présentes dans des glandes à la base de minuscules poils foliaires. L'huile essentielle extraite des feuilles des géraniums odorants est utilisée en aromathérapie, parfumerie et cosmétique. Adoptez des géraniums au parfum de rose, de muscade, de menthe, d'orange ou de citron !

Proches cousins de nos géraniums des balcons et géraniums zonales, ces pélargoniums odorants n'ont jamais été cultivés pour leurs fleurs. Celles-ci sont parfois charmantes, mais toujours discrètes. Ces géraniums à feuillage odorant appartiennent au genre botanique *Pelargonium*, dont le nom vient du mot grec *pelargos*, la cigogne, par référence à la longue et fine capsule de graines qui évoque un bec de cigogne. Le genre *Pelargonium* appartient à la famille des Géraniacées, qui compte aussi les géraniums vivaces de nos jardins.

Les géraniums odorants sont faciles à cultiver, au jardin comme en intérieur. Il en existe toute une palette, chacun avec ses formes et textures distinctes de feuillage. Les fleurs, généralement petites, prennent des tons de lavande, rose, blanc, saumon et rouge.

Les feuilles de géraniums odorants constituent un ingrédient essentiel des pots-pourris. Vous pouvez aussi ajouter quelques feuilles dans un punch ou un plat pour une touche parfumée. Quelques feuilles de géranium citron ou rosat placées au fond du moule à gâteau avant de verser la pâte parfument le gâteau. Essayez aussi de glisser quelques feuilles dans la théière pour aromatiser votre thé vert ou noir. Les fleurs sont comestibles, délicieuses dans les boissons, salades de fruits et desserts. Enfin, le feuillage odorant tient bien en bouquet.

ANECDOTE

À l'ère victorienne en Angleterre, tout appui de fenêtre de la bonne société comptait au moins un géranium odorant, les prémices de nos parfums d'ambiance !

VIVRE AVEC LES GÉRANIUMS ODORANTS

Autres noms : géraniums à feuillage odorant, pélargoniums à feuillage odorant

Langage des fleurs : espoir, amitié, rencontre inattendue

Description : les géraniums odorants ne comptent que quelques espèces, mais plus de 100 variétés horticoles. Parmi les plus populaires figurent les géraniums pomme (*Pelargonium odoratissimum*), citron (*P. crispum* et *P. citronellum*), rosat (*P. graveolens* et *P. capitatum*) et menthe (*P. tomentosum*).

Culture : installez les géraniums odorants sur un appui de fenêtre au sud recevant au moins 4 heures de plein soleil par jour. Privilégiez les pots en terre cuite. Évitez tout excès d'eau, ces plantes préfèrent sécher un peu entre les arrosages. Utilisez un terreau équilibré, additionné de sable grossier et perlite pour un meilleur drainage. Certains géraniums odorants s'étiolent en intérieur, surtout s'ils ne reçoivent pas assez de lumière. Taillez régulièrement et choisissez des pots de grandeur adaptée aux plantes. Faites des apports d'engrais équilibré, de type 15-15-15, en période de végétation, mais suspendez-les en hiver. Une fois par mois, ajoutez 1 cuill. à café de sulfate de magnésium par arrosoir de 4 l, pour un apport complémentaire de magnésium si l'engrais ordinaire n'en contient pas.

Multiplication : le bouturage est la méthode la plus appropriée. Prélevez les boutures en janvier ou février pour disposer de nouvelles plantes et en août pour obtenir des plantes moins développées pour passer l'hiver dans la maison. Supprimez fleurs ou boutons floraux des boutures avant de les faire raciner.

Parties utilisées : fleurs et feuilles

Récolte et conservation : faites sécher les feuilles pour les pots-pourris et sachets parfumés. Utilisez les feuilles fraîches pour parfumer sucre, sirops, gâteaux, salades de fruits, thés et infusions.

Ravageurs : ils sont rares, si ce n'est les mouches blanches, à combattre avec un savon insecticide.

CLAFOUTIS ROSE-FRUITS

Si vous n'avez pas le géranium 'Robert's Lemon Rose', associez quelques feuilles de géranium rosat et de géranium citron. Servez à la sortie du four.

- 2 cuill. à soupe de beurre fondu
- 3-4 feuilles fraîches de 'Robert's Lemon Rose', de taille moyenne
- 150 g de sucre
- 100 g de farine pour pâtisserie
- ¼ de cuill. à café de sel
- 3 gros œufs
- 25 cl de lait
- 2 cuill. à soupe d'extrait ou de liqueur d'orange ou de citron
- ½ cuill. à café d'extrait de vanille
- 400 g de pêches au sirop égouttées et coupées
- 400 g de cerises dénoyautées

1. Préchauffer le four à 190 °C. Enduisez un plat à tarte de 25 cm de diamètre de beurre fondu.

2. Mixez sucre et feuilles de géranium dans un mixeur ou blender, ajoutez farine et sel, puis mixez à nouveau.

3. Dans un petit saladier, battez les œufs et le lait, ajoutez liqueur et extrait de vanille et battez à nouveau.

4. Versez délicatement la préparation avec les œufs dans le mixeur en mouvement et laissez tourner encore 30 secondes. Versez la pâte dans le moule préparé.

5. Répartissez les fruits en surface de la pâte.

6. Faites cuire environ 45 minutes, jusqu'à ce que le clafoutis soit gonflé et coloré de brun doré.

Quantité obtenue : pour 6-8 personnes

Recette avec l'aimable autorisation de Pat Crocker

'Robert's Lemon Rose'

GÉRANIUMS AU PARFUM DE ROSE

P. 'Robert's Lemon Rose'
Avec un parfum de rose très capiteux et une note d'agrumes, P. 'Robert's Lemon Rose' est l'un des plus séduisants géraniums au parfum de rose du groupe *graveolens*. La plante prend un port buissonnant avec un feuillage joliment découpé et des bouquets de fleurs roses. Faites infuser les feuilles dans du lait ou du sucre pour parfumer gâteaux et entremets. Les feuilles font merveille également séchées dans les pots-pourris ou fraîches dans les bouquets.

'Attar of Roses'

P. 'Attar of Roses'

Le mot *attar* vient du persan et signifie « très parfumé ». La variété 'Attar of Roses' mérite bien son nom. C'est une plante de belle taille, qui atteint 40 à 50 cm de hauteur, jusqu'à 75 cm de largeur. Prévoyez un pot de grande taille, offrant du volume pour la croissance. Ce géranium au délicieux parfum de rose a des feuilles lobées de 7 à 8 cm, des bouquets de petites fleurs lavande, comestibles. Taillez-le régulièrement pour éviter que ses tiges ne deviennent trop lourdes.

EAU FLORALE ODORANTE

Utilisez cette séduisante eau florale à la place de l'eau de rose dans vos gâteaux, entremets et glaçages. Vous pouvez aussi l'employer en brumisation sur le visage ou comme ingrédients de vos cosmétiques faits maison. Romarin, lavande, menthe et thym permettent aussi de belles associations pour composer des eaux florales.

150 à 200 g de feuilles fraîches de géranium au parfum de rose, hachées

500 ml d'eau filtrée

1. Faites chauffer eau et feuilles de géranium à feu moyen dans une casserole émaillée ou en acier inoxydable. Portez lentement à ébullition. Couvrez puis laissez frémir 30 minutes après avoir ajusté la température. Retirez ensuite la casserole du feu et laissez refroidir complètement la décoction.

2. Filtrez l'eau au-dessus d'un saladier à l'aide d'une passoire à mailles fines et pressez les feuilles pour en extraire tout le liquide possible. Transférez l'eau florale dans une bouteille en verre stérilisée de 50 cl. Fermez ou couvrez et conservez au réfrigérateur pendant une ou deux semaines.

Quantité obtenue : environ 50 cl

EXFOLIANT AU GÉRANIUM ROSAT ET AU PATCHOULI

Un exfoliant au parfum frais, précieux pour garder mains et pieds doux et lisses !

- 250 g de sel de l'Himalaya
- 50 g de feuilles fraîches de géranium rosat, finement hachées
- 10 g de feuilles fraîches de patchouli, hachées
- 170 g d'huile de coco

Mélangez soigneusement tous les ingrédients dans un saladier en verre de taille moyenne. Conservez la préparation dans un bocal en verre étanche, en fermant bien, à température ambiante. Utilisez cet exfoliant dans les 2 ou 3 mois pour profiter de sa fraîcheur.

Quantité obtenue : environ 400-450 g

'Rose'

P. 'Rose'
P. 'Rose' est un nom donné à différentes formes hybrides de *P. graveolens*. Ce sont des plantes robustes, au port dressé et ramifié, aux feuilles vertes profondément découpées et aux petites fleurs rose vif. Le parfum de rose est plus ou moins intense selon les plantes. À l'achat, froissez le feuillage des différents sujets proposés avant de faire votre choix. Le géranium rosat, très cultivé à la Réunion, est une source de géraniol, une huile essentielle utilisée en parfumerie, car moins coûteuse que celle de rose, obtenue par distillation des pétales de rose.

'Gray Lady Plymouth'

P. 'Gray Lady Plymouth'
Ce vigoureux géranium au port dressé atteint 60 à 70 cm de hauteur. Il se prête bien à la culture en pot, dedans comme dehors. Les belles feuilles gris-vert profondément découpées sont panachées de taches blanches et d'un liseré blanc. Les fleurs sont roses, les deux pétales supérieurs rayés de pourpre. Ce feuillage à odeur de rose apporte couleurs, parfum et texture dans les bouquets comme dans les compositions aromatiques.

FLEURS DE PÉLARGONIUM CRISTALLISÉES

Les fleurs délicates des géraniums odorants agrémentent joliment les gâteaux, entremets, glaces et même plateaux de fromages. Tous ces géraniums ont des fleurs comestibles.

Sucre très fin, cristallisé

Fleurs de géraniums odorants, fraîchement cueillies

Le blanc d'un gros œuf

Quelques gouttes d'eau

1. Versez le sucre dans une salière ou une passoire très fine. Tapissez une plaque de cuisson ou plan de travail de papier paraffiné.

2. Rincez rapidement les fleurs sous l'eau froide, puis étalez-les sur du papier absorbant pour qu'elles sèchent.

3. Dans un petit saladier, fouettez le blanc d'œuf et l'eau jusqu'à obtenir un mélange mousseux. Prenez des pinces fines pour tremper délicatement les fleurs, une à une, dans le blanc d'œuf. Certaines personnes préfèrent utiliser un pinceau de cuisine pour enduire les fleurs de blanc d'œuf.

4. Saupoudrez le sucre sur les fleurs enduites de blanc d'œuf. Placez ensuite ces fleurs sur le papier paraffiné et laissez-les sécher quelques jours dans un endroit frais et sec. Les fleurs cristallisées se conservent jusqu'à un an dans un bocal étanche à température ambiante.

SAUCE À SALADE AU GÉRANIUM ODORANT

Cette sauce accompagne aussi bien une laitue qu'une salade de fruits ! Si vous appréciez les saveurs épicées, ajoutez-y une touche de paprika.

- 4 feuilles fraîches de géranium citron
- 1 feuille fraîche de géranium au parfum de pomme
- 1 feuille fraîche de géranium rosat
- 1 feuille fraîche de géranium mentholé
- 3 cuill. à soupe de vinaigre de vin blanc
- 1 cuill. à soupe de sucre
- 1 cuill. à café de paprika (facultatif)
- 12 cl d'huile d'olive

1. Mixez feuilles de géraniums, vinaigre, sucre, éventuellement paprika, jusqu'à obtenir un mélange lisse.

2. Ajoutez progressivement l'huile d'olive, à petite vitesse du mixeur, pour obtenir une émulsion. Placez la sauce au réfrigérateur dans un contenant étanche, elle se garde 7 à 10 jours. Remuez avant utilisation.

Quantité obtenue : environ ¼ l

Recette avec l'aimable autorisation de Kathleen Gipps

Géraniums au parfum de pomme

GÉRANIUMS AUX PARFUMS DE FRUITS

Géranium au parfum de pomme
P. odoratissimum
Odoratus est un mot latin qui signifie bien sûr « parfumé » : une caractéristique de ce géranium très aromatique à la fraîche fragrance de pomme. Cette espèce à port étalé et compact forme une rosette centrale à racine légèrement tubérisée et atteint 30 cm de hauteur, 30 à 60 cm de largeur. Les feuilles rondes délicieusement parfumées, à bord ondulé, invitent à la caresse. Les tiges florales retombantes portent d'innombrables petites fleurs étoilées, blanches veinées de rouge, qui se renouvellent sur une longue période. C'est une merveilleuse plante d'intérieur, à cultiver en suspension comme en pot. Offrez-lui beaucoup de lumière vive et même du soleil direct. Ce géranium à l'odeur de pomme éloigne les mouches,

'Lady Scarborough'

surtout si vous effleurez souvent son feuillage.

Géranium au parfum de fraise
P. 'Lady Scarborough'
Facile à cultiver, cette variété au port semi-dressé se distingue par de petites feuilles gaufrées au doux parfum de fraise, avec une pointe d'agrumes. Les charmantes petites fleurs rose violacé sont comestibles. La plante atteint environ 60 cm de hauteur. Taillez-la régulièrement pour conserver un port buissonnant. Offrez-lui de la lumière vive, avec quelques heures de soleil direct par jour. Ce bel hybride a été introduit en Angleterre avant 1820. Cette plante d'intérêt historique fait beaucoup d'effet en intérieur dans une suspension, à condition qu'elle ne soit pas taillée trop sévèrement. Les feuilles séchées agrémentent les pots-pourris ou parfument une lettre à un ami si vous glissez une feuille entre les pages.

SORBET GRENADE-FRAISE AUX HERBES

Ce sorbet frais et rapide à préparer fait un dessert très apprécié !

50 cl d'eau
400 g de sucre
8 feuilles fraîches de géranium fraise
6 feuilles fraîches de verveine citronnelle
1 feuille fraîche de 'Robert's Lemon Rose'
50 cl de jus de grenade
6 cl de jus de citron frais

1. Dans une casserole moyenne, portez l'eau à ébullition sur feu vif. Incorporez sucre et feuilles de géranium, puis réduisez le feu et laissez frémir en mélangeant fréquemment, pendant 5 minutes ou le temps d'obtenir un sirop léger. Cessez la cuisson et laissez refroidir.

2. Dans un grand saladier, mélangez le sirop refroidi, le jus de grenade et le jus de citron. Couvrez et placez au réfrigérateur.

3. Versez le mélange dans un récipient étanche et placez-le au congélateur pendant au moins 2 heures, pour que le sorbet prenne. Vous pouvez ensuite le conserver 6 mois au congélateur.

Quantité obtenue : pour 4-6 personnes

Géranium au parfum de citron, *P. citronellum*

Géranium au parfum de citron, *P. crispum*

GÉRANIUMS AUX PARFUMS D'AGRUMES

Géranium au parfum de citron
P. citronellum
(anciennement *P.* 'Mabel Gray')
Cette grande plante dressée et buissonnante aux feuilles vertes arrondies, profondément lobées, et à texture grossière dégage un merveilleux parfum citronné. Elle porte de petites fleurs roses à taches pourpre foncé sur les deux pétales supérieurs et atteint environ 1 m de hauteur. Taillez régulièrement pour stimuler la ramification et limiter la hauteur. Ce géranium odorant se prête bien à une formation sur tige. Installez-le sur un appui de fenêtre ensoleillé. Placez le pot sur un endroit de passage, pour profiter de son délicieux parfum. Précieux pour parfumer le thé ou les sorbets, décorer les desserts. Séchées, les feuilles agrémentent les pots-pourris.

Géranium au parfum de citron
P. crispum
Ce fabuleux pélargonium a un port dressé et des rameaux souples. Il atteint jusqu'à 60 cm de hauteur et porte de petites feuilles vertes crispées, trilobées, à la fragrance citronnée intense. Les fleurs roses bicolores sont étonnamment grandes et décoratives pour un géranium odorant. C'est une variété ancienne, dont les feuilles étaient traditionnellement utilisées sous l'ère victorienne pour parfumer les rince-doigts placés à côté de chaque convive lors des dîners d'apparat. Ce pélargonium est très décoratif lorsqu'il est formé sur tige. Utilisez les feuilles fraîches pour parfumer les desserts, salades de fruits, vinaigres aux herbes, les feuilles séchées, dans les pots-pourris, sachets ou coussins odorants.

MOUSSE AU GÉRANIUM CITRON

Légère et rafraîchissante, cette mousse sera particulièrement appréciée par une chaude soirée d'été. La crème est chauffée uniquement pour s'imprégner des arômes des écorces de citron et des feuilles de géranium citron.

18 cl de crème épaisse

Le zeste finement râpé d'un citron

6 feuilles fraîches de géranium citron, plus quelques-unes pour décorer

150 g de sucre très fin

4 gros œufs

Le jus d'un citron

16 cl d'eau

1 sachet de 7 g de gélatine (non parfumée)

Des fleurs fraîches de géranium citron pour décorer

1. Faites chauffer la crème épaisse, le zeste de citron et les feuilles de géranium à feu moyen, jusqu'à ce que la crème frémisse. Elle ne doit pas bouillir. Retirez du feu et laissez refroidir.

2. Dans un saladier de taille moyenne, battez les jaunes d'œufs et le sucre avec un batteur électrique jusqu'à obtenir un mélange mousseux épais. Incorporez le jus de citron sans cesser de battre.

3. Placez l'eau dans une petite casserole et ajoutez la gélatine. Chauffez doucement en remuant, 5 à 10 minutes, jusqu'à ce que la gélatine soit parfaitement dissoute.

4. Tout en fouettant, versez la gélatine dans le mélange aux œufs, en partant de haut (50 à 60 cm), puis mettez de côté jusqu'à ce que la préparation commence à épaissir en refroidissant, en 30 minutes environ.

5. Versez la crème refroidie dans une passoire fine pour la recueillir dans un saladier sans les écorces ni feuilles. À l'aide d'un batteur électrique, travaillez la crème jusqu'à ce qu'elle épaississe légèrement, puis incorporez-la dans la mousse.

6. Toujours avec le batteur électrique et dans un grand saladier, montez les blancs d'œufs en neige ferme. Incorporez-les ensuite délicatement dans la mousse.

7. Versez la mousse dans des coupes ou ramequins individuels et mettez plusieurs heures au réfrigérateur.

8. Avant de servir, décorez avec des fleurs et feuilles fraîches de géranium citron.

Quantité obtenue : pour 6-8 personnes

Recette avec l'aimable autorisation de Donna Frawley

'Orange'

'Lime'

'Chocolate peppermint'

Géranium au parfum d'orange
P. 'Orange'
Cette variété de taille moyenne, au port dressé et compact, a des feuilles dentées vert vif, en éventail, au délicieux parfum d'orange. Ses grandes fleurs décoratives rose clair sont rayées de pourpre sur les pétales supérieurs. Cette plante est facile à cultiver en intérieur très lumineux. Elle peut atteindre 60 cm de hauteur en taillant régulièrement. Les feuilles à fragrance d'orange aromatisent le thé. Fraîches, elles parfument les desserts, salades de fruits et vinaigre aux herbes ; séchées, les pots-pourris et coussins odorants.

Géranium au parfum de citron vert
P. 'Lime'
Cet hybride ancien fait une belle plante en pot et se plaît en intérieur sur un appui de fenêtre ensoleillé. Les tiges dressées, robustes, portent de petites feuilles arrondies, vert foncé, lisses et ondulées. Les fleurs sont plus grandes que la plupart de celles des pélargoniums odorants, couleur lavande pâle, tachetées de pourpre foncé sur les pétales supérieurs. Sa croissance vigoureuse fait de ce géranium un excellent sujet de topiaire pour décorer une table. Il demande une taille soignée et régulière pour garder un port compact. Un simple effleurement de ses feuilles dégage un frais parfum citronné. Les feuilles parfument le thé ; les feuilles fraîches, les desserts, salades de fruits, vinaigres aux herbes ; les feuilles séchées, les pots-pourris et sachets ou coussins parfumés.

GÉRANIUMS AUX PARFUMS DE MENTHE

Géranium au parfum mentholé
P. tomentosum
Cette espèce remarquable est cultivée depuis plusieurs siècles et appréciée

PETITS CANAPÉS MENTHE-CERISES

200 g de fromage à tartiner, à température ambiante

120 g de cerises séchées, hachées

25 g d'amandes concassées

4 g de feuilles de géranium mentholé (*P. tomentosum*) hachées

Dans un grand bol, mélangez bien tous les ingrédients. Étalez sur votre pain favori, découpé en canapés. Le reste se conserve 2 à 3 jours au réfrigérateur dans un récipient étanche.

pour ses grandes feuilles veloutées (*tomentosum* en latin qui signifie « feutré ») vert soutenu. Gertrud Jekyll, la grande dame des jardins anglais entre les XIXe et XXe siècles, qualifiait ses feuilles d'« épaisses comme un manteau de fée, douces comme un pelage de vigogne ». Les enfants trouvent irrésistibles ces feuilles veloutées et ce parfum mentholé. C'est donc une plante idéale pour éveiller l'intérêt d'un enfant pour le jardin. Vigoureuse, elle prend un port étalé et retombant. Ce géranium apprécie 5 à 6 heures de lumière vive, voire de soleil direct, par jour, ainsi qu'un grand pot rempli de terreau bien drainé. Gardez le terreau légèrement humide. Les feuilles fraîches parfument thés et boissons froides, quatre-quarts et autres desserts. La teinte contrastée, plus claire, du revers des feuilles est un élément décoratif pour les bouquets frais, tandis que les feuilles séchées agrémentent les pots-pourris.

Géranium au parfum menthe poivrée
***P.* 'Chocolate Peppermint'**

Comme souvent chez les plantes, la référence au chocolat (*Chocolate*) concerne plus la teinte des feuilles que leur parfum. Les feuilles veloutées et odorantes sont vert vif, marquées de larges taches centrales chocolat foncé. Les petites fleurs rose violacé sont insignifiantes. Du fait de son port étalé et de sa personnalité exubérante, ce géranium demande de l'espace. Il atteint environ 50 cm de hauteur, 60 cm de largeur. Laissez le terreau sécher en profondeur entre deux arrosages copieux. Assurez-lui par ailleurs chaque jour au moins 4 ou 5 heures de lumière vive, voire de soleil direct. J'aime beaucoup cette variété pour ses qualités ornementales et olfactives, mais je ne l'utilise pas en cuisine.

5. Aromatiques temporaires en intérieur et topiaires

Une unique plante dans une boîte de conserve peut constituer un jardin plus inspirant pour certains que tout un jardin fleuri pour d'autres. Tout dépend du tempérament de la personne.
– L. H. Bailey, *Garden-Making*

Les plantes cultivées en intérieur, même soignées avec la plus grande attention, finissent par dépérir et demandent à être remplacées. Comme l'énonce avec lucidité Charles A. Lewis dans son ouvrage *Green Nature/Human Nature : The Meaning of Plants in our Lives*, « plantes et humains partagent un même rythme de vie. Ils évoluent et changent, réagissent à l'alimentation et au climat, vivent et meurent ». Certaines plantes s'adaptent facilement à notre environnement intérieur et y prospèrent pendant des années sans nous demander beaucoup d'efforts. Mais ce n'est pas le cas de toutes les herbes aromatiques cultivées en intérieur. L'essentiel est de profiter de leur présence et de les remplacer quand nécessaire !

De manière générale, on peut distinguer trois types de plantes d'intérieur aromatiques.

1. Les temporaires
Nous les utilisons dans la maison comme les annuelles au jardin, dans des compositions ou présentations éphémères.

2. Les plantes décoratives, robustes et durables
Nous les achetons pour des raisons purement décoratives, pour agrémenter tel endroit ou telle pièce de notre intérieur. Comme vous savez exactement où vous souhaitez installer une plante, choisissez des espèces adaptées à ces conditions particulières de luminosité et d'environnement. Cardamome, géraniums odorants et autres vivaces aromatiques présentées dans ce livre (voir les chapitres 3 et 4) vivent longtemps en intérieur si vous leur offrez le bon environnement, notamment terreau et luminosité.

3. Les plantes auxquelles nous sommes attachés
Nous sommes prêts à consacrer du temps et des efforts pour offrir le meilleur environnement possible à chacune de ces plantes, car nous les considérons comme des amies !

DE VÉRITABLES AMIES

La verveine citronnelle (*Aloysia triphylla*) est une charmante vivace aromatique peu rustique, qui dégage une extraordinaire fragrance citronnée lorsqu'on effleure son feuillage. Native d'Argentine et du Chili, c'est une plante arbustive aux tiges ligneuses. Elle atteint près de 1 m dans mon jardin, mais 3 à 4 m dans son habitat naturel. Fraîches ou séchées, les feuilles font une délicieuse infusion apaisante et aromatisent liqueurs, crème anglaise, farces et salades de fruits ou sorbets. Je récolte les feuilles avant les premières gelées et les fais sécher pour mes pots-pourris ou tisanes. Leur arôme intense persiste 2 à 3 ans.

Verveine citronnelle

La verveine est peu rustique, mais aussi capricieuse. Comme ses feuilles sont caduques, elle est sensible aux changements saisonniers et perd facilement ses feuilles lorsqu'elle est rentrée à l'intérieur pour l'hiver. Qui plus est, elle est vite étiolée et exigeante dans la maison. Une de mes amies n'est pas rebutée par ce comportement difficile. Elle garde sa verveine citronnelle sur un appui de fenêtre lumineux mais sans soleil direct et guette l'apparition des jeunes feuilles en fin d'hiver. Nombre d'amateurs d'herbes aromatiques, dont je fais partie, trouvent plus simple d'acheter un jeune sujet à chaque printemps. Tout dépend de votre motivation. Vous serez peut-être la personne capable de garder la verveine en intérieur ! Ne craignez pas d'essayer !

Menthe de Corse

Personnellement, j'ai choisi mes plantes amies, celles que j'accueille régulièrement et parmi elles la menthe de Corse, *Mentha requienii*, une vivace rampante aux minuscules feuilles en cœur, vert foncé, au parfum marqué entre menthe poivrée et menthe pouliot. Originaire de Corse et de Sardaigne, elle est souvent confondue avec l'helxine. Dans son habitat naturel, c'est une menthe miniature qui pousse en tapis. Dans la maison, elle ne dépasse pas 2 à 3 cm de hauteur. Comme toutes les menthes, elle se contente d'une lumière moyenne, sans soleil direct. Je ne me lasse jamais de cette petite plante ! Si vous caressez délicatement son feuillage, il répand son doux parfum de menthe. Cette plante fait un charmant couvre-sol dans un plat creux ou un jardin en bouteille. Comme elle est éphémère, je la remplace dès que nécessaire.

Jardins d'herbes intérieurs

Un jardin intérieur est tout simplement un groupe de plantes associées dans un même contenant plutôt que sous forme de plusieurs pots regroupés. Disposées ainsi, elles mettront chacune en valeur les teintes et ports, textures et parfums de chaque plante. Comme le dit Mary Mason Campbell dans son délicieux livre *Kitchen Gardens*, « les jardins ne se mesurent pas nécessairement en mètres, ares ou hectares, mais aussi en centimètres ». C'est ce qui se pratique depuis des milliers d'années. L'une des Sept Merveilles du monde antique était les jardins suspendus de Babylone. D'après la légende, la reine de Babylone se languissait des contrées verdoyantes où elle était née. C'est pourquoi elle supplia son époux le roi Nabuchodonosor de faire un jardin. Il fit établir les jardins suspendus pour la consoler.

Lorsque vous créez un jardin aromatique intérieur, il est essentiel de sélectionner des plantes qui ont des exigences culturales proches car toutes recevront la même dose d'arrosage et de lumière. Un regroupement d'herbes aromatiques dans un même contenant offre quantité d'opportunités créatives, comme composer un jardin à thème, choisir vos herbes préférées ou encore

céder à votre fantaisie. N'oubliez pas que les plantes vont coloniser tout l'espace. Prévoyez un contenant d'un diamètre supérieur d'au moins 5 cm à la somme des diamètres des pots individuels. Taillez ou supprimez certaines plantes si nécessaire lorsque le jardin prend de l'âge. La proximité des plantes réduit la circulation d'air et favorise les attaques de maladies ou ravageurs. Veillez donc à maintenir une bonne circulation d'air en taillant régulièrement.

Une collection d'herbes aux parfums citronnés

Topiaire aromatique

La technique de l'art topiaire remonte à la Rome impériale. Il aurait été inventé par Gaius Matius, un cavalier romain ami de Jules César. Suite au déclin de l'Empire romain, l'art topiaire tomba dans l'oubli jusqu'au Moyen Âge. Des cités se construisant dans l'enceinte des châteaux forts, il fallait combiner espace limité et beauté des plantations, d'où la taille décorative des arbres et arbustes. Les pays européens développèrent la pratique de l'art topiaire, allant jusqu'à créer scènes de chasse, labyrinthes et autres réalisations fantasques.

Avec leurs silhouettes très décoratives, les topiaires aromatiques d'intérieur offrent en outre la possibilité d'être facilement déplacées dans la maison. En sujet isolé ou en groupe de pots, elles font sensation en toute occasion. Quand la fête est finie, pensez à les remettre à l'emplacement qui convient à leur croissance, topiaire ou non, derrière une fenêtre ensoleillée. Vous conserverez longtemps les topiaires aromatiques à condition de leur assurer une lumière très vive et une température plutôt fraîche.

Myrte

Ne laissez jamais le terreau sécher en profondeur entre les arrosages.

Vous trouverez en vente toute l'année des topiaires déjà formées, mais vous pouvez les sculpter vous-même. On distingue trois types de topiaires aromatiques : sur tige, creuses ou garnies. J'ai une préférence pour les formes sur tige, plus naturelles et qui évoquent de petits arbres. Les formes sur tige unique sont souvent associées par paires pour un bel effet symétrique, posées par exemple de part et d'autre d'une table ou d'une cheminée, ou encore à des hauteurs différentes.

DEUX PLANTES POUR DES TOPIAIRES AROMATIQUES

Deux valent mieux qu'un, car ils retirent un bon salaire de leur travail.
– **Ecclésiaste 4:9**

Myrte (Myrtus communis)
Cet arbuste aromatique natif du bassin méditerranéen et du sud-ouest de l'Europe est un excellent sujet de topiaire, notamment sur tige. Cette belle plante subtropicale a de fines feuilles vert soutenu qui dégagent un parfum épicé lorsqu'on les touche ou les coupe. Les charmantes fleurs blanches à étamines dorées sont elles aussi aromatiques et suivies de délicates baies noir bleuté.
Le parfum de myrte est si envoûtant qu'une légende ancienne veut que lorsqu'Adam fut chassé du paradis, il fut autorisé à prendre avec lui du blé, nourriture essentielle, des dattes, fruits indispensables, et du myrte, la reine des fleurs odorantes. Grecs et Romains remplaçaient souvent le laurier par du myrte comme aromate. Seul ou avec du laurier, il servait aussi à tresser des couronnes décernées aux poètes et autres citoyens très estimés, en signe de respect et d'immortalité. Dans la Bible, il symbolise souvent paix et amour. Le myrte commun, *Myrtus communis*, a donc une longue histoire, laquelle est aussi liée à la mythologie. Les bosquets de myrte sont courants dans la peinture italienne, par exemple en arrière-plan de la déesse de l'amour, Vénus. La légende veut que les satyres poursuivant Vénus et ses nymphes aient trouvé refuge dans un bosquet de myrtes. C'est aujourd'hui un élément fréquent des bouquets de mariée, une déclaration d'amour en langage des fleurs.

Le myrte fait une belle plante d'intérieur s'il reçoit beaucoup de lumière vive sans soleil direct, avec un terreau légèrement humide. Taillez et pincez régulièrement les sujets formés sur tige, en boule le plus souvent, afin de conserver une forme compacte et bien proportionnée. Éclaircissez le cœur de la boule pour une bonne circulation d'air et une bonne pénétration de la lumière. Rempotez lorsque les racines commencent à déborder du pot ou si le besoin en arrosage devient quotidien, signe qu'il est temps de rempoter dans un pot plus grand.

Santoline petit-cyprès

Santoline petit-cyprès
(Santolina chamaecyparissus)
Appelé aussi santoline argentée, ce sous-arbrisseau est une plante aromatique et ornementale utilisée depuis le Moyen Âge, notamment en fumigation contre les mites. Elle avait aussi la réputation de neutraliser les poisons et guérir les morsures d'animaux venimeux, si l'on en croit le *Complete Herbal* de Nicholas Culpeper, publié en 1653.

Les feuilles denses, étroites, finement découpées, sont portées sur des tiges raides. Formée avec soin, la santoline prend un port dressé, évoquant un petit arbre d'environ 30 cm de hauteur. Elle exige une bonne circulation d'air autour du feuillage, aussi est-il préférable d'isoler son pot. Elle demande 5 à 6 heures de soleil direct par jour. Arrosez sans excès, uniquement lorsque le terreau est sec. Un bon drainage est essentiel. Taillez régulièrement et supprimez sans attendre feuilles brunies ou sèches. Récoltez et faites sécher les feuilles de santoline pour les associer avec la menthe et la lavande en un mélange très odorant, à glisser dans des sachets de mousseline destinés à éloigner les mites et parfumer placards et tiroirs. Les rameaux feuillus font bel effet dans les bouquets de fleurs ou les petits bouquets aromatiques (voir p. 164). Dans le langage des fleurs, la santoline symbolise protection et conjuration du diable. Cultivée en intérieur, elle est éphémère.

COMMENT FORMER UNE TOPIAIRE SUR TIGE À PARTIR DE BOUTURES DE TIGE ?

Il faut du temps et de la patience pour former et cultiver soi-même des topiaires, mais c'est un projet créatif passionnant.

1 bouture de tige bien droite d'une plante aromatique

1 petit pot en terre cuite

Du terreau de rempotage à base de terre

Un tuteur en bois ou un bambou

De la ficelle ou du raphia

Un sécateur

1. Utilisez des boutures d'arbustes pour vos topiaires aromatiques car les tiges ligneuses sont plus rigides. Romarin, myrte, laurier, santoline, géraniums odorants et lavande se prêtent très bien à une formation sur tige. Choisissez une bouture enracinée au port naturellement dressé, au feuillage fourni, sans fleurs ni boutons floraux.

2. Remplissez un petit pot de terreau à base de terre, bien drainé, et mouillez le terreau.

3. Placez la bouture au centre du pot et ancrez-la solidement à un tuteur en bois ou en bambou inséré le long de la tige. En partant de la base, posez des liens pour attacher la bouture au tuteur, là où elle a besoin de soutien.

4. Pincez l'extrémité de la tige principale lorsqu'elle atteint la hauteur voulue. Il est alors temps de maîtriser la croissance verticale et de commencer à former la topiaire. Coupez l'extrémité des pousses latérales se développant sur le tiers supérieur de la tige, lorsque les pousses atteignent 3 à 5 cm. Coupez juste au-dessus de la feuille ou paire de feuilles située sous l'extrémité.

5. Supprimez toutes les pousses se développant sur les deux tiers inférieurs de la tige principale. Rempotez la plante lorsque les racines commencent à sortir du pot actuel.

6. Arrosez copieusement, puis attendez que le terreau sèche en profondeur avant de recommencer l'opération. Pour faire des apports d'engrais, la topiaire doit être bien acclimatée dans son nouveau pot et former de nouvelles pousses. Pratiquez une taille régulière pour conserver une plante harmonieuse. La taille stimule l'entrée en croissance des bourgeons dormants, ce qui est indispensable pour obtenir une « tête » de feuillage bien fourni.

COMMENT RÉALISER UNE FAUSSE TOPIAIRE AROMATIQUE ?

Il est possible de créer une composition ressemblant à une topiaire aromatique, à partir de fleurs et feuillages frais. L'effet en est très décoratif et peut être adapté à l'offre saisonnière, qu'il s'agisse des fleurs ou des feuillages aromatiques. Cette idée originale, à partir d'une ventouse de salle de bains, a été développée en Virginie (États-Unis) par Don Haynie, un grand connaisseur des plantes aromatiques et fleuriste hors pair.

1 brique de mousse florale

Un contenant approprié pour accueillir la composition, par exemple un pot en terre cuite vernissée

Du gravillon fin

1 ventouse de salle de bains, petite ou grande

Une grosse poignée de mousse en plaque

5 ou 6 épingles de fleuriste

Une grosse poignée de mousse espagnole (*Tillandsia*)

2 élastiques de taille moyenne

Des tiges de plante grimpante (lierre ou vigne par exemple) à enrouler autour du manche de la ventouse

15 à 20 boutures d'aromatiques (comme du romarin, de la lavande ou des géraniums odorants) de 8 à 20 cm de longueur

12 à 15 fleurs de votre choix

1. Recoupez le bloc de mousse florale de façon à le coincer au fond du contenant et ajoutez du gravillon tout autour pour plus de stabilité.

2. Insérez la ventouse au centre de la mousse, en enfonçant fermement le manche. Si le manche est trop long par rapport à la taille du contenant, recoupez-le.

3. Humidifiez la mousse en plaque et couvrez-en la mousse florale, en la maintenant par les épingles de fleuriste.

4. Recoupez le reste de mousse florale de façon à l'adapter à l'intérieur de la ventouse elle-même.

5. Humidifiez bien la mousse espagnole, jusqu'à ce qu'elle soit souple et malléable. Couvrez l'intérieur de la ventouse et la mousse florale qui s'y trouve avec des touffes de mousse espagnole humidifiée. Plaquez-les à l'aide des deux élastiques placés en croix sur la ventouse.

6. Humidifiez la mousse florale qui se trouve dans le contenant et qui est couverte de mousse végétale (en plaque).

7. Insérez la base de la ou des tiges grimpantes dans la mousse florale du contenant et enroulez-la sans serrer le long de la tige de la ventouse. Fixez la ou les extrémités sous la ventouse à l'aide de ficelle ou fil métallique fin si nécessaire.

8. Humidifiez la mousse florale dans la ventouse et commencez à y disposer fleurs et feuillages aromatiques.

9. Commencez par le matériel de base, comme le romarin ou les géraniums odorants, et laissez-en retomber sur les bords. Procédez à un remplissage lâche, puis intercalez dans cette base d'autres herbes et fleurs (roses et marguerites y sont très décoratives).

10. N'enfoncez pas trop les tiges dans la mousse, de façon que les fleurs émergent des feuillages aromatiques. Terminez la composition en y ajoutant gypsophile, statice ou autres fleurs légères.

Quantité obtenue : pour une topiaire ou plusieurs selon vos envies

6. Conserver et utiliser vos herbes aromatiques

PREMIÈRE PARTIE
CONSEILS POUR RÉCOLTER ET CONSERVER VOS AROMATIQUES CULTIVÉES EN INTÉRIEUR

Les cultiver, c'est les connaître, les connaître les utiliser, les utiliser les aimer...
et c'est ainsi que les herbes aromatiques entrent joyeusement dans votre vie.
– Bertha Reppert, *Growing and Using Herbs with Confidence*

La véritable beauté des herbes aromatiques apparaît lorsque vous les approchez de près et les apprivoisez. Savoir quand et comment les récolter implique une relation étroite et des connaissances précises sur le cycle naturel de chaque plante. Chacun de nous ne peut que tirer bénéfice d'une dose quotidienne d'enchantement végétal ! Les herbes font appel à nos cinq sens et nous offrent de quoi satisfaire le corps et l'esprit. La cueillette peut commencer dès que la plante présente assez de feuillage pour pouvoir en couper une partie. Ne rabattez jamais une plante à la base lors de la récolte, si ce n'est avec les annuelles en fin de saison.

Quelques règles pour récolter les bonnes herbes

Suivez ces quelques conseils pour des récoltes généreuses.

- Pincez les tiges des aromatiques cultivées en intérieur pour stimuler une croissance buissonnante. Utilisez les herbes fraîches ou bien séchez-les pour un usage ultérieur. Certaines espèces, comme la ciboulette, l'oseille ou le persil, poussent depuis la base de la touffe. Coupez d'abord les feuilles externes, les plus anciennes. Veillez à ne pas trop cueillir, surtout en période hivernale, quand la croissance est faible.
- Si vos aromatiques d'intérieur passent l'été dehors, récoltez le matin, une fois la rosée évaporée et avant les fortes chaleurs. Coupez les tiges plutôt que d'arracher feuille à feuille.
- Éliminez fleurs et feuilles abîmées et ne cueillez que des pousses saines.
- Ne récoltez que la quantité que vous avez le temps de préparer et d'utiliser.
- Lavez et mettez les herbes à sécher dès que possible après récolte.
- Récoltez les feuilles juste avant la floraison de la plante, elles seront plus parfumées.
- Récoltez les fleurs à faire sécher peu avant le plein épanouissement.
- Récoltez les graines à maturité, en coupant la plante entière ou seulement les inflorescences.

Comment les conserver et les utiliser ?

Il existe plusieurs méthodes de conservation des herbes aromatiques. Voici quelques-unes de mes favorites.

TECHNIQUES DE SÉCHAGE À L'AIR

- Liez les tiges d'aromatiques à grandes feuilles avec élastiques ou ficelles pour les suspendre tête en bas dans un local bien ventilé. Les bouquets ont tendance à se rétracter en séchant. Serrez davantage les liens si nécessaire. Selon les espèces, la durée de séchage va de 2 jours à plusieurs semaines. Les herbes sont cassantes au toucher lorsqu'elles sont parfaitement sèches.
- Détachez les feuilles ou fleurs fraîches des tiges de la plante et étalez-les en couches fines sur des clayettes. Mettez-les ensuite à sécher dans un local bien ventilé. Plusieurs fois par jour, retournez et étalez les plantes pour en accélérer le séchage.
- Suspendez tête en bas les plantes coupées pour la récolte des graines, en enveloppant les inflorescences dans des sachets en papier pour collecter les graines.
- Conservez vos herbes parfaitement sèches dans des bocaux en verre, loin de la lumière et de la chaleur, pour préserver parfums et saveurs. Vérifiez l'absence de toute humidité avant de mettre les herbes séchées en bocal.

TECHNIQUES DE CONGÉLATION DES HERBES FRAÎCHES

Voici les trois principales méthodes permettant de conserver les herbes par congélation.

- Hachez soigneusement des herbes fraîches, avec un couteau ou des ciseaux de cuisine. Étalez-les sur une plaque de cuisson tapissée de papier cuisson et placez le tout quelques heures au congélateur. Conservez ensuite les herbes congelées dans de petits sachets en plastique, identifiés et datés. Ils se gardent 6 à 8 mois.

- Vous pouvez aussi congeler les herbes dans du bouillon ou de l'eau pour les utiliser ensuite dans les soupes et plats en sauce. Placez les herbes finement hachées dans l'eau ou le bouillon, à la concentration voulue, puis congelez votre préparation dans des bacs à glaçons. Glissez ensuite les glaçons aux herbes dans des sachets de congélation, pour les utiliser selon vos besoins.

  De la même façon, congelez des fleurs comestibles dans des bacs à glaçons. Remplissez le compartiment d'eau jusqu'à mi-hauteur, placez la fleur face vers le bas, puis complétez le niveau. Faites prendre les glaçons avant de les transférer dans des sachets de congélation.

- Pour congeler des herbes dans l'huile, mélangez 2 tasses d'herbes finement hachées avec ½ tasse d'une huile de qualité. L'huile sert surtout à lier les herbes, donc une petite quantité suffit. Placez l'huile aux herbes dans de petits récipients étanches, étiquetez et datez-les, puis congelez-les et conservez-les jusqu'à un an. Grattez ou cassez la quantité nécessaire à chaque utilisation.

DEUXIÈME PARTIE
DES RECETTES SAVOUREUSES ET BIENFAISANTES

Ce sont les plantes elles-mêmes qui s'attardent au fil des siècles, entrelaçant différentes périodes de l'histoire des jardins avec un thème répétitif. Les sources anciennes peuvent être ressuscitées de bien des façons.
– **Kay N. Sanecki, *The History of The English Herb Garden***

Vous allez vous en rendre compte, il existe mille et une façons d'utiliser les herbes dans la cuisine comme dans votre maison. Cette partie est consacrée aux recettes vous permettant de profiter de vos récoltes, pour cuisiner, créer, décorer et préparer des cosmétiques.

Quelles herbes pour parfumer ?

Pains, gâteaux et pâtisseries : aneth, cumin, marjolaine, persil, sarriette, sauge

Fromages, plats cuisinés : basilic, coriandre, cumin, échalote, estragon, marjolaine, origan, sauge, thym

Fromage blanc, fromage frais : aneth, basilic, carvi, ciboulette, menthe, persil, sarriette, sauge

Jus de tomate, salade de tomates : aneth, basilic, estragon, marjolaine, sarriette, thym

Omelettes et préparations aux œufs : basilic, cerfeuil, ciboulette, estragon, marjolaine, sarriette, thym

Desserts, entremets : anis, carvi, coriandre, marjolaine, menthe, graines de pavot, de sésame

Sauces à salades : toutes les graines parfumées, aneth, ail, basilic, cerfeuil, échalote, estragon, persil

Salades : aneth, basilic, carvi, cerfeuil, ciboulette, échalote, livèche, mélisse, menthe, persil, pimprenelle, sarriette, thym

Soupes : céleri-branche, cerfeuil, échalote, livèche, marjolaine, persil, sarriette, thym

Salades de fruits et boissons froides : bourrache, géranium rosat, mélisse, menthe, pimprenelle, romarin, thym citron, verveine citronnelle

Viandes

Agneau : ail, aneth, fenouil, marjolaine, menthe, romarin, sarriette

Bœuf : ail, échalote, marjolaine, romarin, sarriette, thym

Porc : basilic, ciboulette, échalote, marjolaine, romarin, sauge

Veau : romarin, sarriette, sauge, thym

Volaille : estragon, marjolaine, persil, romarin, sarriette, sauge

Poissons : basilic, cerfeuil, ciboulette, estragon, fenouil, laurier, persil, thym citron, thym

Plats mijotés : échalote, laurier, livèche, persil, romarin, thym

Légumes

Betterave : basilic, carvi, estragon, fenouil, menthe, sarriette

Carotte : aneth, basilic, fenouil, menthe, persil, sarriette, thym

Chou : aneth, carvi, fenouil, menthe, thym

Courgette : basilic, marjolaine, origan, thym

Épinard : ail, marjolaine, menthe, romarin

Haricot : marjolaine, sauge, sarriette

Oignon : estragon, marjolaine, sauge, thym

Pois : basilic, menthe, romarin, sarriette

Pomme de terre : aneth, basilic, ciboulette, livèche, menthe, persil

Tomate : basilic, estragon, fenouil, laurier, marjolaine, origan, sauge, thym

Thym et marjolaine se marient agréablement avec de nombreux légumes. Persil et ciboulette font une paire savoureuse.

CONSEILS ET ASTUCES POUR UN BON USAGE DES HERBES AROMATIQUES

- Les herbes visent à mettre en valeur les saveurs des plats, non à les masquer ou les écraser. Utilisez-les avec modération, pour ajouter des touches parfumées. En règle générale, comptez ¼ cuill. à café d'herbes sèches pour un plat pour 4 personnes ; quatre fois plus en volume pour des herbes fraîches. Il ne s'agit pas là d'une règle stricte, mais mieux vaut souvent un peu moins que trop. Commencez par une « pincée », puis complétez selon vos goûts, après avoir laissé les aromates se mêler aux autres ingrédients.
- Les herbes fraîches sont un délice ! Toutes peuvent aromatiser les plats, parfumer les salades ou les tisanes. Cueillez les jeunes pousses, pas les vieilles tiges ligneuses. Si vous ne les utilisez pas aussitôt, conservez les herbes fraîches 3 à 4 jours au réfrigérateur, enveloppées dans du papier absorbant humide, puis dans un sachet en plastique.
- Plus longtemps une herbe « infuse » dans un plat, plus elle le parfume et l'en imprègne. La chaleur capte plus rapidement les arômes que le froid, aussi, incorporez les herbes fraîches aux plats froids, tels que salades et crudités, beurre aux herbes, fromage frais, plusieurs heures ou une nuit avant de les servir. Ne vous souciez pas de savoir quelle est « la » bonne herbe. Votre curiosité vous fera découvrir de nouvelles saveurs et associations !

Des recettes simples et rapides avec les herbes

BEURRE AUX HERBES, RECETTE DE BASE

Le beurre aux herbes peut être préparé avec une seule plante ou plusieurs.

Incorporez 2 ou 3 cuill. à soupe d'herbes fraîches finement hachées dans 250 g de beurre non salé, à température ambiante. Certaines personnes ajoutent 1 cuill. à soupe d'huile d'olive pour obtenir une texture plus facile à étaler. Vous pouvez aussi ajouter une pincée de sel ou un filet de jus de citron.

Placez ce beurre dans un beurrier ou petit récipient, ou encore formez une brique allongée que vous emballerez de plastique étirable pour ensuite la couper en tranches. Ce beurre se conserve 3 semaines au réfrigérateur dans un récipient étanche, ou bien 3 mois au congélateur.

VINAIGRE AUX HERBES

Feuilles, fleurs, graines et racines d'herbes propres et saines peuvent aromatiser le vinaigre. Veillez à ce que les herbes soient bien lavées et sèches avant de les glisser dans le vinaigre. Utilisez un vinaigre de qualité, d'un degré d'acidité d'au moins 5 %.

Comptez 120 à 250 ml (1 tasse) d'herbes pour ½ l de vinaigre.

Glissez les herbes dans un récipient en verre propre, versez ensuite le vinaigre et fermez bien le bocal ou la bouteille. Laissez infuser les herbes plusieurs semaines dans le vinaigre.

Filtrez ensuite pour éliminer les herbes, puis mettez à nouveau le vinaigre en bouteille. Placez un morceau de film plastique ou de papier sulfurisé entre le goulot de la bouteille et le bouchon métallique, pour éviter toute corrosion du métal.

SIROP AUX HERBES

Basilic, géraniums odorants, laurier, mélisse, menthe et romarin constituent d'excellents ingrédients pour les sirops aux herbes. La quantité d'herbes varie selon les arômes des herbes et vos goûts personnels. Utilisez ce sirop aux herbes pour sucrer thé ou tisane, boissons fraîches, cocktails ou salades de fruits.

400 g de sucre
½ l d'eau
250 ml de jeunes pousses aromatiques (1 tasse)

Mettez tous les ingrédients dans une casserole de taille moyenne et portez doucement à ébullition.

Laissez frémir 5 minutes en mélangeant régulièrement pour faire fondre le sucre. Enlevez la casserole du feu et laissez refroidir complètement.

Filtrez le sirop pour éliminer les herbes, puis réfrigérez dans une bouteille étanche pour 3 semaines, ou bien congelez jusqu'à un an.

Quantité obtenue : ½ l

TARTINADE DE FROMAGE AUX CINQ HERBES

Cette tartinade peut être utilisée pour confectionner des sandwichs comme pour l'apéritif et gagne à être préparée quelques jours à l'avance.

225 g de fromage râpé (cheddar ou comté, emmental, cantal), à température ambiante
60 ml de vin cuit sec (xérès ou autre)
2 cuill. à soupe de crème épaisse
1 cuill. à soupe de persil finement haché
1 cuill. à soupe de ciboulette finement hachée
1 cuill. à soupe de thym finement haché
1 cuill. à soupe de sauge finement hachée
1 cuill. à soupe de sarriette finement hachée

Dans un saladier de taille moyenne, mélangez bien tous les ingrédients.

Couvrez et placez au réfrigérateur pour laisser se mêler les saveurs.

Ramenez à température ambiante avant de servir. Vous pouvez conserver le reste au réfrigérateur pendant 2 semaines, dans un récipient étanche.

Quantité obtenue : pour 8-10 portions

NOIX AU ROMARIN

Faciles à préparer, ces noix savoureuses font une idée de cadeau originale, présentées dans un joli bocal en verre.

100 g de cerneaux de noix
1 cuill. à soupe de beurre fondu
1 cuill. à café de feuilles de romarin finement hachées
¼ de cuill. à café de sel
¼ de cuill. à café de paprika

Préchauffez le four à 180 °C.

Dans un grand bol, mélangez bien tous les ingrédients de façon à enrober les cerneaux de noix.

Étalez ensuite les cerneaux en une seule couche dans un plat creux, puis passez-les au four environ 10 minutes jusqu'à ce qu'ils soient dorés. Servez chaud. Vous pouvez conserver les restes 2 à 3 mois dans un bocal en verre étanche, à température ambiante.

Quantité obtenue : pour 4 personnes

MOUTARDE AUX HERBES

Cette moutarde savoureuse est parfaite pour enduire poulet ou porc et accompagner vos pique-niques de sa saveur aromatique.

260 g de moutarde de Dijon
4,5 cuill. à soupe de cassonade blonde
1,5 cuill. à café de marjolaine séchée
1,5 cuill. à café de basilic séché
1,5 cuill. à café de menthe verte séchée
1,5 cuill. à café de graines de coriandre écrasées
1,5 cuill. à café de feuilles de thym citron séché
¼ de cuill. à café de sel de céleri
6 cuill. à soupe de mayonnaise

Dans un petit saladier, mélangez bien le sucre et la moutarde.

Ajoutez les herbes et le sel de céleri en mélangeant toujours. Incorporez la mayonnaise de façon à obtenir une préparation homogène. Cette moutarde se conserve une semaine au réfrigérateur.

Quantité obtenue : 400 à 500 g

Comment préparer vos tisanes ?

Pour préparer une tisane, chauffez avec de l'eau chaude une théière en verre, faïence ou porcelaine, jamais en métal. Ajustez la puissance des saveurs par la quantité d'herbes utilisée. Certaines aromatiques, comme le romarin, la sauge ou le thym ont des arômes puissants, à consommer en petite quantité. Soyez plus généreux avec d'autres moins parfumées, comme la mélisse. Coupez et écrasez un peu les herbes fraîches avant de les faire infuser. Placez les feuilles fraîches ou séchées dans la théière, environ 1 cuill. à café d'herbes séchées ou 1 cuill. à soupe d'herbes fraîches par tasse (250 ml). Laissez infuser 5 à 10 minutes, filtrez et dégustez !

SUGGESTIONS PARFUMÉES POUR TISANES

Les bonnes herbes ci-dessous se marient bien et se complètent les unes les autres dans vos tisanes.

Basilic : arôme plaisant, épicé, stimulant

Cataire : apaisante, saveur mentholée

Mélisse : apaisante, saveur citronnée agréable

Menthe : calmante, réconfortante, favorise la digestion

Romarin : tonifiant, apaisant, aide à la digestion

Sauge : tonifiante, apaise la toux

Thym citron : délicate saveur citronnée, soulage migraines et cauchemars

Ajoutées à un thé noir de Chine, des feuilles de géranium rosat, menthe, thym citron ou verveine citronnelle donnent un parfum très spécifique et original. Notez cependant qu'il s'agit alors d'un thé parfumé, non d'une tisane, dépourvue de théine.

Des suggestions de recettes pour vos récoltes aromatiques

La magie des herbes tient au subtil mélange des arômes. La modération est la clé du succès avec les plantes aromatiques. Certaines espèces sont plus parfumées que d'autres, comme l'origan, le romarin, la sauge ou le thym, tandis que la marjolaine, le basilic et la menthe sont plus doux. Faites vos propres expériences avec chacune pour choisir vos aromatiques préférées.

GÂTEAU AU GÉRANIUM ROSAT

Le glaçage à la confiture de fraises et les feuilles de géranium rosat transforment, tant visuellement que par ses saveurs, un gâteau très ordinaire.

5 ou 6 feuilles fraîches de géranium rosat
Ingrédients de votre recette habituelle de gâteau au yaourt ou de génoise
Confiture de fraises

Préparez le gâteau de votre choix, préchauffez le four selon les indications de la recette et tapissez le moule à cake de papier cuisson.

Disposez plusieurs feuilles de géranium rosat bien à plat au fond du moule. Versez la pâte à gâteau dans le moule en couvrant les feuilles de géranium, mais sans les déplacer. Faites cuire selon les indications de la recette.

Laissez légèrement refroidir le gâteau à la sortie du four avant de le démouler pour qu'il finisse de refroidir.

Enlevez les feuilles de géranium avant d'étaler le glaçage. Elles donnent au gâteau un goût et un parfum délicieux. Garnissez le gâteau avec la confiture de fraises pour finir.

Quantité obtenue : 8-10 parts

CHEESECAKE AU PESTO

Servez ce délicieux cheesecake salé en apéritif ou en entrée accompagné d'une salade verte. Il ne passera pas inaperçu !

15 g de beurre mou
30 g de chapelure
2 cuill. à soupe de parmesan, plus 50 g
225 g de fromage frais de type Philadelphia ou Saint-Morêt, à température ambiante
250 g de ricotta
⅓ de cuill. à café de poivre de Cayenne
¼ de cuill. à café de sel
3 gros œufs
125 g de pesto
30-40 g de pignons de pin
Quelques feuilles fraîches de basilic pour décorer

Préchauffez le four à 170 °C. Enduisez de beurre un moule à fond amovible.

Dans un bol, mélangez la chapelure et les 2 cuill. à soupe de parmesan. Tapissez-en le fond du moule.

Dans un saladier de taille moyenne, travaillez avec un batteur à main fromage frais, ricotta, 50 g de parmesan, poivre et sel. Ajoutez ensuite les œufs un à un, toujours en battant bien. Versez la moitié de la préparation dans un autre saladier et incorporez-y le pesto. Étalez ce mélange au fond du moule, lissez la surface, puis versez délicatement le mélange sans pesto au-dessus et lissez la surface. Saupoudrez le cheesecake de pignons.

Faites cuire jusqu'à ce que le centre soit ferme, environ 45 minutes. Laissez refroidir sur une grille, puis placez le cheesecake sur un plat et au réfrigérateur pour la nuit.

Décorez de feuilles de basilic avant de servir bien frais, accompagné de pain ou de crackers.

Quantité obtenue : 12-14 parts

POIRES POCHÉES À LA 'ROBERT'S LEMON ROSE'

Je dois avouer que cette recette m'a convertie aux utilisations culinaires des géraniums odorants. Ces poires font un dessert sublime. Le géranium odorant 'Robert's Lemon Rose' apporte une nuance aromatique subtile, mais toute autre variété au parfum de citron ou de rose convient également. Vous pouvez servir ces poires avec de la crème chantilly ou de la glace à la vanille. Choisissez des poires bien fermes, presque mûres, comme la variété Beurré d'Anjou.

Les sucres aux herbes aromatiques sont très faciles à préparer. Utilisez-les pour sucrer thés, tisanes, pâtisseries ou entremets.

Pour le sucre parfumé au géranium

400 g de sucre

1 tasse (250 ml) de feuilles propres et sèches de géranium odorant, ou toute herbe aromatique agréablement parfumée, comme la mélisse ou la menthe

Pour les poires

1 citron

4 poires fermes, presque mûres

100 g de sucre parfumé au géranium

60 ml d'eau

Préparez le sucre parfumé : étalez environ 1 cm de sucre au fond d'un bocal en verre de ½ l, au couvercle à fermeture étanche. Placez quelques feuilles de géranium odorant sur le sucre, puis versez à nouveau 1 cm de sucre et continuez ainsi à alterner couches de sucre et de feuilles jusqu'à ce que le bocal soit presque plein, en laissant 1 à 2 cm sous le couvercle. Fermez le bocal et secouez.

Conservez le bocal de sucre pendant 2 à 3 semaines dans un endroit frais et sombre pour que le parfum des feuilles imprègne le sucre. Éliminez ensuite les feuilles et remettez le sucre parfumé dans le bocal fermé. Il se conserve ainsi indéfiniment !

Préparez les poires : prélevez le zeste du citron en lanières larges, puis coupez le citron en deux et mettez une moitié de côté.

Pelez les poires, coupez-les en deux dans la longueur et évidez-les. Placez les demi-poires dans une grande sauteuse antiadhésive, face coupée vers le bas, de telle sorte que toutes tiennent en une seule couche. Arrosez chaque demi-poire de quelques gouttes de jus de citron (utilisez le jus d'un demi-citron). Répartissez ensuite les zestes et les feuilles de géranium, et saupoudrez de sucre.

Couvrez et chauffez à feu moyen. Faites cuire les poires 7 à 8 minutes à l'étouffée, jusqu'à ce que le liquide bouille franchement. Enlevez le couvercle puis retournez délicatement

les poires avec une spatule, face bombée vers le bas. Ajoutez l'eau progressivement, puis couvrez et prolongez la cuisson 7 à 8 minutes.

Retournez à nouveau les poires, qui présentent peut-être quelques taches brun doré. Vérifiez la cuisson avec la pointe d'un couteau. Les poires doivent être tendres mais pas molles.

Placez-les aussitôt dans le plat de service et grattez le délicieux caramel (il n'y en a pas beaucoup), les zestes et les feuilles de géranium. Vous pouvez aussi remplacer les feuilles, flétries après cuisson, par des feuilles fraîches de géranium. Servez sans tarder les poires encore un peu chaudes ou à température ambiante.

Quantité obtenue : 4 ou 8 parts ; 400 g de sucre parfumé
Recette avec l'aimable autorisation de Susan Belsinger

Recettes aromatiques pour soins de beauté

Préparer ses propres produits de beauté à base de plantes aromatiques et ingrédients naturels est plus simple que vous ne le pensez, surtout si vous cultivez des herbes. Vous utiliserez infusion ou décoction, mélange de feuilles, racines ou graines aromatiques. On parle d'*infusion* lorsque l'on verse de l'eau bouillante sur des feuilles fraîches ou séchées avant de laisser infuser 10 à 15 minutes. Une *décoction* est le plus souvent préparée à partir de graines ou de racines que l'on fait bouillir 10 à 15 minutes dans l'eau. Infusions ou décoctions s'utilisent aussi en rinçage pour les cheveux ou en lotion tonique pour la peau.

CRÈME AUX HERBES POUR LES MAINS

Il existe de nombreuses variantes de cette recette de crème pour les mains. C'est un mélange très simple d'huile, de cire, d'eau et d'un alcali doux. Testez vous-même avec différentes herbes pour créer une crème à votre goût.

60 g de cire d'abeille râpée
120 ml d'huile d'olive
60 ml d'infusion ou de décoction d'herbes aromatiques
½ cuill. à café de borax en poudre
Huile essentielle d'arbre à thé (tea tree)

Chauffez à feu doux l'huile d'olive et la cire d'abeille dans une petite

casserole. Lorsque la cire est fondue, retirez la casserole du feu.

Dans une autre petite casserole, mélangez et chauffez à feu moyen l'infusion ou la décoction et le borax en poudre, jusqu'à dissolution de ce dernier. Ramenez ensuite à un léger frémissement.

Transférez le mélange huile-cire dans un saladier moyen. Ajoutez quelques gouttes d'huile essentielle d'arbre à thé. Battez vigoureusement pour incorporer progressivement l'infusion ou la décoction dans le mélange huile-cire. Fouettez jusqu'à ce que la crème soit parfaitement homogène. Conservez-la dans un contenant de 250 ml avec couvercle. Étiquetez et datez ; utilisez dans les 6 mois.

Quantité obtenue : environ 250 ml

HUILE DE MASSAGE AU THYM

Utilisez cette huile de massage, aux vertus apaisantes et relaxantes pour le corps. Usage externe uniquement.

420 ml d'huile d'amande douce
½ tasse (20 g) de feuilles fraîches de thym

Hachez les feuilles de thym et versez-les dans un bocal de ½ l à ouverture large. Couvrez avec l'huile d'amande douce. Fermez le bocal et laissez s'imprégner pendant deux semaines en situation ensoleillée.

Filtrez, puis mettez l'huile dans une petite bouteille en verre. Conservez à l'abri du soleil direct et utilisez dans les 6 mois.

Quantité obtenue : environ 420 ml

Bains aux herbes

Les bains aux herbes aromatiques adoucissent la peau, stimulent la circulation et apaisent les tensions musculaires. Selon les herbes choisies, ils sont rafraîchissants ou relaxants. Versez 1 tasse d'herbes fraîches ou séchées dans un sachet de mousseline que vous accrocherez sous le robinet. L'eau du bain coule ainsi à travers le sachet. Autre possibilité, préparez une infusion avec 1 tasse d'herbes fraîches ou séchées et 4 tasses d'eau bouillante et versez-la dans le bain. Lavande, menthe, patchouli, romarin ou thym se prêtent très bien à cet usage.

Bains de vapeur

Un bain de vapeur nettoie en profondeur et adoucit la peau. Votre peau doit être parfaitement propre avant le bain de vapeur.

Placez une poignée d'herbes dans une petite cuvette et versez de l'eau bouillante. Inclinez-vous au-dessus de la cuvette, une serviette sur la tête pour retenir la vapeur, et maintenez cette position pendant 10 minutes. Rincez ensuite votre visage à l'eau chaude, puis froide. Séchez en tamponnant. N'effectuez pas ce bain de vapeur plus d'une fois par semaine, et plus rarement si vous avez la peau sèche.

Délices décoratifs et aromatiques

UN POT-POURRI FACILE À COMPOSER

Le pot-pourri est un mélange d'éléments végétaux séchés, de fleurs et de feuillages aromatiques, d'épices et de fixateurs. La préparation de votre propre pot-pourri est une activité créative et agréable qui vous permet de choisir les plantes selon vos préférences. Il n'y a pas de règles dans le choix ou la proportion des ingrédients. La composition est basée sur vos goûts personnels. Vous pouvez suivre une recette ou votre inspiration ! Selon les cas, le mélange repose uniquement sur le parfum naturel des ingrédients ou bien il est enrichi par des fixateurs et huiles essentielles. Les fixateurs contribuent à capter les parfums naturels volatils des aromatiques et des fleurs, et prolongent la vie du pot-pourri. Les huiles essentielles sont issues de la distillation des plantes et des fleurs aromatiques.

Pétales de fleurs ou boutons floraux, feuilles, graines, écorces et racines entrent dans la composition des mélanges. On ajoute souvent des écorces d'agrumes, pour leur couleur, leur texture, leur arôme. Dès que j'ai une orange ou mandarine, j'en fais sécher les écorces. Je les conserve avec les herbes séchées dans des bocaux jusqu'au moment voulu pour créer une composition odorante.

3 cuill. à soupe (20 g) de poudre de racines d'iris
1 cuill. à café d'huile essentielle
1 l (poids variable) d'herbes et fleurs séchées
3 cuill. à soupe (poids variable) d'épices

Dans un pot en verre de 1 l, au couvercle hermétique, mélangez poudre de racines d'iris et huile essentielle. Fermez et laissez reposer quelques jours, le temps que la poudre d'iris absorbe l'humidité de l'huile essentielle. Secouez de temps à autre.

Mélangez dans un saladier les fleurs et végétaux séchés, généralement, moitié feuillages moitié fleurs. Ajoutez la poudre de racines d'iris et mélangez bien. Versez cette préparation dans le pot en verre, fermez et conservez ainsi plusieurs semaines. Répartissez ensuite le pot-pourri dans des sachets, petits pots ou autres, à disposer dans votre intérieur ou à offrir.

Quantité obtenue : 1 l (poids variable)

PETITS BOUQUETS AROMATIQUES

Typiques de l'Angleterre victorienne, ces petits bouquets ronds associent fleurs parfumées et feuillages aromatiques et sont porteurs d'un message en langage des fleurs – amitié, amour, bonne santé ou autres vœux et sentiments.

Fleurs et plantes aromatiques sont utilisées depuis des siècles pour célébrer traditions et rituels de la vie quotidienne. Le langage des fleurs fut introduit en Angleterre au début du XVIIIe siècle, une façon délicate d'envoyer un message par le biais de fleurs. Au summum de sa popularité à l'époque victorienne, il donna lieu à de véritables dictionnaires floraux !

Ces petits bouquets parfumés font de charmants cadeaux pour les grandes occasions, comme les mariages, ou en témoignage d'amitié pour des amis chers. N'hésitez pas à vous initier au langage des fleurs, par exemple avec le romarin pour le souvenir, la lavande pour la tendresse, le thym pour le courage et le dynamisme, la sauge pour la santé. Ces petits bouquets sont aussi amusants à composer qu'à recevoir ! Si l'idée d'un bouquet à tenir en main vous déplaît, envoyez votre message sous forme de bouquet à mettre en vase.

À noter : ces bouquets ne demandent pas une grande quantité de fleurs et feuillages, mais prévoyez toujours de cueillir un peu plus par sécurité. Préparez les fleurs

coupées et herbes aromatiques avant de composer vos bouquets. Supprimez les feuilles inférieures des tiges et faites tremper celles-ci dans l'eau tiède pendant 6 à 8 heures ou, mieux, toute la nuit.

Herbes et fleurs fraîches, selon vos envies
Ciseaux
Fil métallique de fleuriste
Ruban adhésif de fleuriste
Napperons (papier ou tissu)
Amidon liquide (pour amidonner les napperons en tissu)
Ruban pour la décoration

Recoupez en biseau à 10 ou 15 cm de longueur les tiges des fleurs et des herbes.

Sélectionnez une unique fleur centrale, traditionnellement une rose en bouton, mais ce peut être aussi un petit bouquet de lavande ou toute autre fleur ronde. Tenez la fleur centrale et entourez-la de 5 ou 6 rameaux de petites fleurs ou herbes contrastant avec la fleur centrale. Liez avec du fil métallique mais sans serrer ni couper le fil. Ajoutez encore 2 ou 3 rangs d'herbes, en les maintenant avec le fil métallique. Après avoir disposé la dernière rangée de fleurs ou feuillages, enroulez le fil vers le bas et retournez l'extrémité du fil entre les tiges pour le fixer.

Entourez ensuite les tiges du haut en bas avec le ruban adhésif pour faciliter la tenue du bouquet en main.

Utilisez le napperon pour la finition. S'il est en papier, faites une découpe en X au centre pour y glisser les tiges. Si c'est un napperon en tissu ou en dentelle, commencez par l'amidonner pour lui donner de la rigidité. Placez les tiges au centre du napperon et entourez-les du napperon en le nouant en haut avec un joli ruban.

Quantité obtenue : 1 petit bouquet rond

FLEURS ET HERBES PRESSÉES

La conservation des plantes par séchage sous presse est très ancienne. C'est une façon simple de préserver la beauté des fleurs et feuillages aromatiques pour un usage ultérieur. Les fleurs pressées se prêtent à toutes sortes de réalisations décoratives, mais vous pouvez vous contenter de glisser une feuille parfumée ou une jolie fleur dans une lettre.

Ciseaux bien aiguisés
Grands livres lourds pour le pressage
Papier journal ou pages de vieux annuaires
Fleurs et feuilles fraîches

Ne retenez pour le pressage que des fleurs et feuilles très fraîches, cueillies à divers stades de développement : boutons, fleurs semi-ouvertes, très épanouies ou en graines. Pressez quelques fleurs « de profil » plutôt qu'à plat, pour varier, et de même, inclinez certaines tiges pour leur donner un mouvement.

Placez délicatement le matériel végétal entre les feuilles de papier, en évitant tout chevauchement de fleurs ou de feuilles. Les fleurs pressées demandent des conditions chaudes et sèches pour conserver leurs couleurs vives. Par ailleurs, les plantes qui sèchent rapidement conservent mieux leurs couleurs que celles à tiges, à feuilles ou fleurs épaisses.

Une fois séchées, les plantes pressées sont fragiles. Prenez des pinces pour les saisir et les déplacer. Conservez-les entre des feuilles de papier, dans un carton.

PARCHEMIN À DÉCOR VÉGÉTAL

Le papier parchemin à décor végétal permet de personnaliser et décorer couvertures de livres, cartes de correspondance ou projets de scrapbooking. Avant toute chose, entraînez-vous à coller fleurs et herbes pressées sur une feuille blanche pour créer des motifs décoratifs.

60 ml de colle blanche
60 ml d'eau
Papier ciré
Brosse à poils doux
Fleurs et feuillages aromatiques pressés
Pinces
Feuilles de papier de soie ou de riz en teintes pastel
Papier absorbant
Fer à repasser
Livres pour presser
Règle à bords métalliques

Dans un petit bol, mélangez colle et eau de façon à obtenir une texture légèrement crémeuse.

Coupez le papier ciré aux dimensions voulues. Au pinceau, étalez la colle diluée sur le papier ciré. Disposez le matériel végétal selon le motif souhaité. Utilisez au besoin des pinces pour manipuler les fleurs ou les feuilles.

Recouvrez le papier ciré avec une couche de papier de soie. À l'aide du pinceau brosse, en travaillant du centre vers l'extérieur, passez le pinceau enduit de colle diluée sur le papier de soie pour éliminer les bulles d'air, très délicatement pour ne pas déchirer le papier. Laissez sécher.

Placez le « parchemin » entre deux feuilles de papier absorbant, côté ciré vers le haut. Passez le fer à repasser chaud pour un parfait collage.

Mettez ensuite le parchemin sous presse (livres ou autres) pour qu'il reste bien plat. Déchirez délicatement les bords du parchemin sur un des côtés métalliques de la règle pour des finitions irrégulières.

Adresses utiles

MATÉRIEL

Culture Indoor
Lampes de culture, culture hydroponique
www.cultureindoor.com

Jardineries Botanic, Truffaut, Gamm Vert...
Terreaux, pots, outils, matériel de semis, plants et graines

PLANTES ET GRAINES

Aromaticulture
Laye
12200 Martiel
www.aromaticulture.com

Graines Baumaux
2 Ferme du Château
88500 Mazirot
www.graines-baumaux.fr

La ferme aromatique
Chemin de Malissoles
38760 Varces-Allières-et-Risset

La Ferme de Sainte-Marthe
7, rue Lavoisier
49800 Loire-Authion
www.fermedesaintemarthe.com
semences, graines et plants bio

Pépinière Arom'antique
Le vallon des senteurs
275 Chemin la ville
26750 Parnans
www.plantearomatique.com

Pépinière Éric Deloulay
1261, rue de Cornay
45590 Saint-Cyr-en-Val
www.aromatiques.fr

Pépinière du Grand Plantier
1107 route d'Uzès
30500 Saint-Ambroix
www.pepinieredugrandplantier.com

Pépinière Tramier « Les arômes du grès »
3100, route de Roquemaure
84100 Orange
https://les-aromes-du-gres.com/la-pepiniere

ASSOCIATIONS

Société nationale d'horticulture de France, section Potager Fruitier
84, rue de Grenelle
75007 Paris
www.snhf.org

International Herb Association
(Association internationale
des amateurs d'herbes aromatiques)
P.O. Box 5667
Jacksonville, FL 32247-5667
États-Unis d'Amérique
iherb.org

BIBLIOGRAPHIE

Amaya Calvo Valderrama, *Green Infusions*, Éditions Larousse, 2019.

Fran Bailey, Zia Allaway, *Le Petit Larousse des plantes d'intérieur*, Éditions Larousse, 2019.

François Couplan, Gérard Debuigne, Délia Vignes, Pierre Vignes, *L'Herbier des plantes qui guérissent*, Éditions Larousse, 2017.

François Couplan, Gérard Debuigne, Thierry Folliard, *Le Petit Larousse des plantes qui guérissent*, Éditions Larousse, 2019.

Herbes aromatiques, Éditions Larousse, 2012.

Le Grand Livre des plantes qui soignent, Éditions Larousse, 2018.

Le Petit Larousse des plantes médicinales, Éditions Larousse, 2019.

Serge Schall, *Les 50 Règles d'or pour réussir ses plantes aromatiques*, Éditions Larousse, 2019.

Serge Schall, *Mon jardin de plantes médicinales*, Éditions Larousse, 2018.

Remerciements

Comment l'herbe devient-elle le maître ? Ces plantes depuis si longtemps associées au genre humain ont besoin de la voix humaine. C'est l'interprète qui parle pour l'herbe aromatique. Et il y a tant à raconter.
– Audrey O'Connor, *The Herbarist* 60 (1994)

J'ai le plaisir et le privilège d'honorer ici mes amis et collègues de la *Herb Society of America* et de l'*International Herb Association*. Leur expertise et leurs conseils avisés m'ont été d'une aide précieuse pour rassembler les éléments pour cet ouvrage.

J'adresse des remerciements particuliers à Caroline W. Amidon et Joyce Probst, anciennes présidentes qui m'ont beaucoup inspirée, notamment pour avoir partagé leurs connaissances sur la culture des *Pelargonium* en intérieur. Je remercie également vivement Theresa Mieseler et Pat Crocker pour leur soutien sans faille au fil des années, dans et hors du jardin. « Il pousse plus dans un jardin que ce qu'y sème un jardinier. »

Un bouquet de remerciements à tous les professionnels des plantes aromatiques qui ont généreusement partagé leur expertise et les recettes citées dans ce livre. Vous m'avez beaucoup appris sur l'amitié jardinière !

- Susan Belsinger, poires pochées à la 'Robert's Lemon Rose'
- Pat Crocker, clafoutis rose-fruits
- Kathleen Gipps, sauce à salade au géranium odorant
- Donna Frawley, mousse au géranium citron
- Don Haynie, fausse topiaire aromatique
- Patricia Kenny, cartes décorées de fleurs pressées
- The Branch County Herb Questers, pour tous les conseils et les recettes partagés depuis 35 ans. Une mention spéciale pour Mary Houchen, une cuisinière de talent qui utilise les herbes aromatiques avec créativité.

Ma sincère reconnaissance aux horticulteurs suivants qui ont fourni nombre de plantes et topiaires pour illustrer ce livre : Conrad Richter, Richter Herbs ; Teresa van den Hombegh, Old World Gardens ; Suzanne Baker, Rush Creek Herbs ; Sessile Szarafinski et Jessica Albright Wright.

Merci à Gert Coleman et Bea Osborn de m'avoir aidée à organiser les textes, à Amy Kimball pour avoir partagé ma vision et mon amour des plantes dans ces photos composées avec un véritable sens artistique pour ce livre.

Un grand merci à Jessica Walliser, éditrice, Cool Springs Press, pour m'avoir écoutée et accompagnée.

L’autrice

Américaine, Susan Betz est très engagée depuis plus de 40 ans dans la culture et l’utilisation des plantes aromatiques, dans un souci de faire connaître à divers publics le jardinage et la nature. Elle est maître jardinier honoraire, membre de nombreuses associations liées au jardin, aux herbes et à l’écologie, telles que l’International Herb Association, l’Ecological Landscape Alliance et le National Garden Bureau. Elle est également membre permanent de la Herb Society of America (HSA) et membre fondateur du Native Herb Conservation Committee (comité pour la sauvegarde des herbes aromatiques indigènes). Susan participe actuellement au programme de la HSA sur les herbes indigènes remarquables et contribue chaque année en tant qu’autrice aux publications de la HSA sur ces herbes aromatiques sauvages. Elle a rédigé de nombreux ouvrages sur le jardin et les plantes aromatiques, parus aux États-Unis.

Index